# 非日常の謎

ミステリアンソロジー

芦沢 央
阿津川辰海　木元哉多
城平 京
辻堂ゆめ　凪良ゆう

JN053512

講談社
タイガ

イラスト――南波タケ／出会いすぎる曲り角
デザイン――滝澤祐茉（ビーワークス）

# 目次

# 「十四時間の空の旅」

辻《つじ》堂《どう》ゆめ

**辻堂ゆめ**（つじどう・ゆめ）

1992年神奈川県生まれ。東京大学卒。第13回『このミステリーがすごい！』大賞優秀賞を受賞し『いなくなった私へ』でデビュー。他の著書に『あなたのいない記憶』『悪女の品格』『片想い探偵 追掛日菜子』『卒業タイムリミット』『あの日の交換日記』「図書館Ｂ２捜査団」シリーズ、藤石波矢との共著『昨夜は殺れたかも』などがある。近作の『十の輪をくぐる』で第42回吉川英治文学新人賞候補となる。

嬉しいのか、寂しいのか、どっちなんだろう。

自分の胸に問いかけようとして、やめにした。どちらでもない、という答えが返ってきそうで怖かった。

せめて二択で選べればよかった。ううん、無理やりにでも選ぶべきだった。日本に帰れるのが〝嬉しい〟のか、それとも、アメリカを離れるのが〝寂しい〟のか。

「大丈夫か？　もうそろそろセキュリティゲートに行かないと」

急に上から声が降ってきた。はっとして顔を上げると、お父さんがこちらを覗き込んでいた。

その後ろでうごめく人の波が目に飛び込んでくる。白、黒、茶、黄。着ている服の色も、肌の色も、本当にいろいろだ。

でも、見慣れた光景、とは言えない。四年間住んでいた町の住人は、九割近くが白人で、残りはほとんどアジア人だった。アメリカはよく「人種のるつぼ」と言われるけれど、どこもかしこも同じ割合で人種が交じり合っているわけじゃない。

手に持っていた白い便箋《びんせん》を急いで折り畳み、元通りに封筒に入れた。それを脇に置き、腰を下ろしていた機内持ち込み用のスーツケースから立ち上がる。

「分かってるよ。今、準備しようとしてたところ」

「その手紙、スーツケースにしまうんじゃないのか？」

「だから分かってるってば。ああやだ、見ないで！　自分でやる！」

スーツケースの上に置いた二つの手紙の束《たば》を、お父さんから隠すように抱え込む。今にも切れそうな古い輪ゴムで留めてあるのが、日本を離れるときに、五年二組の同級生からもらったお別れの手紙。クリスマスカードのような硬い紙が多くてかさばっているのが、三日前に、現地校の友達から渡されたメッセージ。

お父さんに言われたとおりにするのがどうしても嫌で、ショルダーバッグに無理やり押し込んだ。「そっちに入れるのか」と眉をひそめられたけれど、目を逸《そ》らして無視した。

「セキュリティチェックが終わったら、まずはビジネスクラスラウンジに行くんだぞ。受付でチケットを見せれば入れるから。軽食もいろいろ用意されてるし、ドリンクも好きなものを飲める。分からないことがあれば気軽にスタッフに声をかけて」

「はいはい」

「何かあったらいけないし、四十五分……いや、一時間前まではゲートに移動したほうがいいな。ゲートの番号は変わることがあるから、直前にもう一度確認したほうがいい。もしどこを見ればいいか分からなかったら、ラウンジのスタッフに――」

「さっきも聞いたよ。大丈夫だってば。もういいよ」

同じ説明を何度も繰り返すお父さんに苛立ち、くるりと背を向ける。こんなときだけ心配するふりをするなんて、本当にうざったい。会社や出世が一番で、娘のことなんてどうだっていいくせに。いったい誰のせいで、娘が最後の最後まで負担を強いられる羽目になったと思ってるんだろう。

ふうとため息をつき、並んで立っているお母さんと弟に近づいた。これから一人で帰国する娘を勇気づけるように、お母さんがニコリと笑う。

「せっかくのビジネスクラスなんだから、思う存分楽しんでね。お父さんの会社がお金を出してくれるなんて、もうこんな機会、一生ないかもしれないし」

「グッバァーイ、エリカ！」

九歳の弟が、おどけた調子で手を振る。幼いうちからアメリカ生活を経験した弟の英語は、発音が滑らかで、とても綺麗だった。

そう。エリカ。

日本語でも英語でもそのまま通る、女性のファーストネーム。

その名前の中途半端な響きが、今になって、エリカの心をざわつかせる。

背後で、バン、と何かを勢いよく地面に置いたような音がした。振り返ると、エリカが先ほどまで腰かけていたピンク色のスーツケースを、お父さんが起こしているところだった。持ち手を乱暴に引き出そうとしているのを見て、思わず大声を出す。

「ああっ、何すんの！　やめてよ！」

「な、なんだよ。もう出発するから、準備しようとしただけじゃないか」

「自分でやるから！　お父さんなんかに頼んでない」

急いでスーツケースを奪い、自分の身にぴったりと寄せた。お父さんに背を向けて、持ち手を慎重に引き出し、そこにつけた猫のストラップを親指の腹で優しく撫《な》でる。

今日、わざわざ家の前まで見送りに来てくれた親友のシンシンが、「私たちの友情の証に」とつけてくれたものだ。いったいどこで買ってきたのか、ずいぶんと不細工な猫だけれど、それがまたいい味を出している。

ただでさえお父さんに自分のものを触られるのは嫌なのに、こうやって大切なものを雑に扱われると無性に腹が立った。思春期だものね、とお母さんは毎回笑い飛ばすけれど、お父さんと仲良くなれる日なんて二度と来る気がしない。

だって、小五の終わりに突然アメリカに引っ越すことになったのも、高一の秋なんていう変な時期に帰国しなければならなくなったのも、お父さんのせいだし。「会社で決まったことだから」。その邪悪な魔法の言葉で、お父さんはいつも、こちらの人生を狂わせる。

「じゃあ、行くね」

「ああ、うん。気をつけてな」

「おじいちゃんとおばあちゃんによろしくね。あと、お誕生日おめでとう。ちょっと早いけど」

「ハッピーバースデー！ グッラック！ ハヴァナイスフライト！」

気まずそうに眉尻を下げているお父さんと、弾《はじ》けるような笑顔のお母さんと、相変わらずふざけている弟。わざわざ車を降りて見送りに来てくれた家族三人に軽く手を振り、エリカは赤い柵《さく》で仕切られたセキュリティゲートへと向かった。

列に並んでいる間、人の頭の間からちらちらとお父さんやお母さんの姿が見え、そのたびに二人が手を振ってきた。それに応えるのを面倒に思っていたはずなのに、いざセキュリティゲートを通過して両親の姿が見えなくなると、途端に不安になった。

四年前の渡米時に一度しか来たことのない、ニューヨークの玄関口と言われる大きな空港。さまざまな言語を話す人が行き交う広いスペースに、たった一人。頼りにできるのは、現地校の親友のシンシンがスーツケースにつけてくれた猫のストラップと、ショルダーバッグに入っている犬のぬいぐるみだけ。

教えられたとおりに歩いていき、無事にビジネスクラスラウンジの入り口が見えたときは、思わずほっと息をついた。日本の航空会社専用のラウンジというわけではないけれど、受付にいたのは日本人の女性スタッフだった。こんにちは、ご利用ありがとうございます。高くて可愛らしい声にドギマギしながら、恐る恐る搭乗券を差し出す。

やっぱり、母国語は耳に心地よかった。でも、同時に緊張した。

本当に、今から日本に帰るんだ。本帰国するんだ。苦しかった四年間は、今日で終わりなんだ――。

「ご利用は初めてですか？」

エリカがあまりに不慣れな様子だったからか、それとも一目で子どもと分かったからか、入り口付近に立っていた別の男性スタッフが近づいてきて、ラウンジの中へと案内してくれた。貴重品を入れるロッカー、自由に取れるフードやドリンク、未成年のエリカには関係のないバーカウンター。

ワークスペースでは、お父さんくらいの年齢の男性たちがノートパソコンで仕事をしていた。その脇を通り過ぎて、人の少ないほうへと向かう。「こちらはいかがでしょうか」と男性スタッフに勧められたのは、自分のような子どもには到底似合わない、ゆったりとした一人掛けのソファだった。

丁寧にお礼を言い、ふかふかの座面に腰かける。スーツケースの取っ手をしまい、ショルダーバッグを下ろしている間に、スタッフが気を利かせてオレンジジュースを運んできてくれた。

サイドテーブルに置いたグラスに手を添えて、ちびちびと飲む。さっきちらりと見たフードカウンターにカップケーキがあったから、取りにいこうかどうか悩んだけれど、まだここがニューヨークであることを思い出してやめにした。日本とアメリカの大きな違いは、「美味しそう」という直感が当たる確率だ。香料のきつすぎるマフィン、甘すぎるケーキ、逆にまったく甘くないラムネ菓子、後味がひどい牛乳、洗剤の香りがする水——この四年間で、どれだけ失敗したことか。

せめて、一日ずらしてくれていれば、な。

見た目だけは美味しそうだったカップケーキをまぶたの裏に浮かべながら、そんなことを考える。

明日はエリカの誕生日だった。でも、今日の十八時に飛行機に乗ると、成田空港に着くのは明日の二十一時過ぎだ。成田空港まで車で迎えに来るおじいちゃんとおばあちゃんは、ちゃんと覚えていて「おめでとう」と言ってくれるだろうけれど、ケーキを食べてお祝いする時間は絶対にない。

今日これから、日付変更線を跨《また》ぐせいで、エリカの十六歳の誕生日は、ほとんど消える。

大人はすっかり忘れているかもしれないけれど、十代の子どもにとって、誕生日は大きな節目だ。それがない今年、エリカはどうやって、十五歳の一年に区切りをつければいいのか。あやふやなまま迎える十六歳を、どうやって受け入れればいいのか。

そんなことも考えずにチケットを取ったのは、無神経なお父さんだった。

やっぱり、むかつく。今日の夜にはエリカ以外の家族三人で、ポルトガル人が経営している近くのベーカリーでケーキを買ってきて食べるのだろうと思うと、余計に。——なぜなら今日は、エリカと一日違いの、お父さんの誕生日だから。

ちょうど土日にかぶったからと、お父さんと自分の誕生日祝いを一緒にされた三年前の秋、二人の名前が書かれたケーキを前に激怒したことを思い出す。

アメリカに引っ越してから、お父さんのことがたちまち嫌いになった。お父さんが近くにやってくると避け、自分からは絶対に話しかけないようになった。それでもあのときは、歳を重ねる瞬間を家族と迎えられただけ、幸せだったのかもしれない。

今年は、空の上で、一人だ。

出発時刻までは、まだ三時間近くあった。その後、成田までのフライトが十四時間。大丈夫だと思っていたのに、豪華でだだっ広いラウンジの空気に呑まれて、いっそう心細くなった。

こんな気持ちになるくらいなら、もう出てしまおうか。

スーツケースを引き寄せ、ソファから立ち上がろうとする。その瞬間、少し離れた席に、全身黒ずくめの男性が腰を下ろしたのが視界の端に入った。

――あっ。

本能でまずいと感じ、男性の姿をきちんと捉《とら》えるか捉えないかのうちに、慌てて目を逸らした。

真っ黒いスーツの上下に、同じく黒いサングラス、そして黒いハット。手に持っているワイングラスでちょうど顔が隠れていたため、人相はよく分からなかったけれど、若くはなさそうな印象を受けた。

ヤバい人だと、直感が告げていた。

だって、いくら日本便に搭乗するからとはいえ、ここはまだアメリカだ。普段着はパーカーにジーンズ、会社員でさえポロシャツで仕事をするこの国で、普通の人は、スーツの上着なんて着ない。黒いハットなんて、もっとかぶらない。しかも、これから国際線に乗ろうというときに。

関わり合いになってはいけない。絶対に。家族と一緒にいるならともかく、今は誰も頼る人がいないのだから。

ラウンジを出るかどうか迷ったけれど、怖がって逃げたと思われたくなくて、そのままソファに沈み込んだ。イタリアか中国のマフィアかもしれない。ううん、日本のヤクザかもしれない。やっぱり、もう少しだけここにいよう。

どれもこれも、お父さんがここに来ることを勧めたからだ。十五歳のエリカが一人で待ち時間を過ごすには、お金持ちそうな大人がたくさんいるこのラウンジは、あまりに場違いだった。

小さくため息をつく。自己負担の一時帰国や家族旅行とは違って、せっかく本帰国のときはお父さんの会社のお金で贅沢なフライトを楽しめるのに、ちっとも気分が上向きにならない。ビジネスクラスチケットに込められた「駐在お疲れ様でした」の心遣いが、今のところすべて裏目に出ている。

ショルダーバッグから犬のぬいぐるみを取り出し、ぎゅっと握りしめた。アメリカに引っ越してからも何度か手紙のやりとりをしていた小学校の友達が、わざわざ航空便で送ってくれた誕生日プレゼントだ。

その友達から最後に手紙が届いたのは、いつだったろう。

〝嬉しい〟でも〝寂しい〟でもない、もやもやとした気持ちが再びせり上がってきそうになり、急いでオレンジジュースを一口飲んだ。

事件が起きたのは、離陸してまもなくのことだった。

正確に言うと、それまでにも、「事件になりそうな出来事」はいくつかあった。例えば、ラウンジを出た直後に、「お客様！　お客様！」と受付の女性スタッフが追いかけてきて、ソファに置き忘れた犬のぬいぐるみを渡されたり。せっかく一時間近く前から搭乗ゲート前で待機していたのに、どのタイミングで席を立つのが正解か分からず、スタッフに名前を呼ばれてようやく、ビジネスクラスの優先搭乗の仕組みを知ったり。

でもそれらは、あくまで自分のうっかりミスだ。ぬいぐるみは無事に戻ってきたし、飛行機に乗り遅れたわけでもないのだから、たぶん、失敗のうちにも入らない。

そんな些細なトラブルのことを忘れ、気分が最高潮になったのは、機内に入って席に座った瞬間だった。

エコノミーとは全然違う、独立した広い座席。隣にはサイドテーブルや棚があり、正面のモニターの下には、寝るときに足をまっすぐに伸ばせるスペースが造られている。ヘッドホンやスリッパのほかに、ベッドパッドや羽毛布団、アメニティまで用意されていた。アイマスク、歯ブラシ、リップクリーム、ミスト、ハンドクリーム。しかも、一緒に入っていた説明書きの紙を読むに、有名なスキンケアブランドのものだ。

テーブルを引き出してみたり、羽毛布団をビニールから出してみたりと興奮を抑えきれずにいると、通路の方向から名前を呼ばれた。驚いて振り返ると、首に水色のスカーフを巻いた若い女性CAさんが、身を屈めて笑みを浮かべていた。

「本日はご搭乗、誠にありがとうございます。本日担当させていただきます、宮崎《みやざき》と申します。フライト中、お困りのことがございましたら、なんでもお申し付けくださいね。よろしければ何かドリンクをお持ちしましょうか？」

何かドリンク、と言われても選択肢が分からなくて、小さな声で「お水を……」とお願いした。するとすぐに、ペットボトルに入ったミネラルウォーターを持ってきてくれた。

これは無料なのだろうか。それとも、後からお金を請求されるのだろうか。口をつけるかどうか迷っていると、後ろから突然、男性の大声が聞こえてきた。

「ノーノーノーノーノー！　ストッピット！」

綺麗な発音の英語だった。でも、アメリカ人ではないのか、よく聞くと微妙に訛《なま》りがある。その不完全な発音には聞き覚えというか、身に覚えがある気もしたけれど、この機内で英語を使うということは、日本人ではないのだろう。

さっきエリカのところに来たCAさんが、英語で謝っているのがかすかに聞こえてきた。挨拶に回ってきた愛想のいいCAさんに、まだ離陸もしていないうちからものすごい勢いでクレームをつけるなんて、面倒臭そうなお客さんだ。

恐る恐る振り返ってみて、はっと息を吞んだ。

一番後ろの窓際の席に、黒いハットがちらりと見えたのだ。同じく窓際に座っているエリカの、六列ほど後方。

クレーマーの正体は、ラウンジにいたあの人だった。

慌てて視線を逸らし、前を向く。十四時間もずっと、怖いおじさんの目を気にして過ごさなければならないと思うと、気が遠くなりそうになった。日本人の英語に似た訛りがあるということは、中国人ではなさそうだから、やっぱりイタリアのマフィアだろうか。ほかに空席はいくらでもあるのに、とんでもない人と縦に並んでしまったと、予約時に勝手に座席指定をしたお父さんを恨んだ。

他のお客さんはどんな反応をしているだろうと、遠慮がちに首を伸ばしてみる。

エリカと怖いおじさんの他にもう一人、すでに席に座っているお客さんがいた。二十代くらいの男性で、反対側の窓際、エリカよりも四列ほど前方に座っている。パーマのかかった茶髪からは、お洒落な雰囲気が漂っていた。

ちらりと見えた横顔からして、たぶんこちらは日本人。クレーマーの大声は前方の席にも届いたようで、少し気になっている様子だけれど、エリカのようにあからさまに振り向いたりはしていなかった。

ちょっと反省して、座席にすっぽり沈み込む。

いったいどんな空の旅になってしまうのか。期待と不安の入り混じった気分で、エリカは水を一口飲み、ヘッドホンを装着した。

予定時刻ぴったりに、飛行機は動き始めた。

そして加速し、茜色の夕焼け空へと離陸した。

長かったアメリカ生活が、終わりを告げる瞬間だ。

ヘッドホンから流れるしっとりとしたクラシック音楽の助けを借りながら、エリカは半ば感傷的な気持ちで、光が灯りつつあるニューヨークの街並みを見下ろした。

ベルト着用サインが消えるとすぐ、お手洗いに立った。

戻ってきたとき、事件はすでに起きていた。

綺麗に畳んでおいたはずの羽毛布団がぐちゃぐちゃに丸められ、その上にショルダーバッグの中身がばらまかれていたのだ。

ハンカチ、ガム、ボールペン、本、犬のぬいぐるみ、手紙の束。

さっきまで音楽を聴いていたヘッドホンは、コードが繋がったまま床に落ちていた。

「えっ……」

立ち尽くすエリカのところに、すぐにCAの宮崎さんが駆けつけてきた。事情を話すと、彼女は青い顔をして、矢継ぎ早に問いかけてきた。大丈夫ですか。何かなくなったものや、壊れたものはありませんか。ご確認いただけますか。

CAさんに見守られながら、すぐに確かめた。けれど、結果として——。

なくなったものも、壊れたものも、何もなかった。

追加のグレープジュースを飲んでも、気を紛らすためにテトリスをプレイしてみても、ずっと落ち着かなかった。

だって、離陸早々あんなことをされて、リラックスできるわけがない。

誰が席を荒らしたのだろう。何を捜していたのだろう。

財布とパスポートは、ちゃんと身に着けていたから無事だった。貴重品目当てでエリカのバッグを物色してみたものの、めぼしいものがなかったから諦めたということだろうか。

それとも、実は自分が気づいていないだけで、何か盗られたものがあるとか？

不安になって、バッグの中身を再確認する。ハンカチ、ガム、ボールペン、本、犬のぬいぐるみ、手紙の束が二つ。うん。全部ある。何もなくなってなんかない。

またお手洗いに行くふりをして、エリカは席から立ち上がった。

さりげなく、辺りを見回してみる。

離陸前と変わらず、見える範囲に座っているお客さんは、エリカを含めて三人しかいなかった。そのことにまず驚く。いくら平日とはいえ、エコノミークラスはいつもほぼ満席なのに。

一番後ろの席に座っているのが、例の怖いおじさんだ。覗き込むような真似をして、もし目が合ったら怒られるんじゃないかとビクビクしたけれど、よく見ると頭まで羽毛布団をかぶって眠っているようで、ほっとした。

サングラスをかけていたから、心の中でグラサンさん——もうちょっと短縮してグラさんと呼ぶことにした。こうすれば、恐怖が少しは薄れる。

もう一人の二十代の男性には、香水さんとあだ名をつけた。先ほどエリカとCAさんが慌てていたときに、わざわざ席を立って「どうしたの?」と声をかけてくれたのだけれど、そのときにとてもいい匂いが漂ってきたからだ。

彼は、ビジネスクラスの過剰なおもてなしに慣れているようで、CAさんの挨拶も平気な顔で受け流していた。若くして成功を収めた起業家か、どこかの御曹司《おんぞうし》かもしれない。

「ん、何か?」

エリカの視線に気づいた香水さんが、通路越しに声をかけてきた。エンジン音に負けないよう、声を張っている。「あ、いいえ、別に」としどろもどろに返すと、香水さんが爽やかな笑みを浮かべた。

「君、まだ学生だよね?」

「あ、はい。高校一年生です」

「それなのに一人旅? いや、ホームステイか何かの帰りかな」

「父の仕事で、アメリカに住んでたんです。今回帰国することになって、でも高校に転入する日にちの関係で、私だけ早く帰らなきゃいけなくて」

「なるほど。高校か、いいね、青春だね。大人になったらできないことを、今のうちにたくさんしておきなよ」

ありがとうございます、とぺこりと頭を下げ、席に座った。

ファーストクラスやビジネスクラスのお客さんは良識がある人ばかりだから、バッグを座席に置いていっても盗られる心配はないよ、とお父さんは言っていた。

確かに、香水さんからは、洗練されたオーラが漂っている。

でも、一番後ろの席のグラさんはものすごく怪しかった。全身黒ずくめで、まるで犯罪者のよう。エリカの持ち物を物色したのは、あの人かもしれない。

お父さんは嘘つきだ。ビジネスクラスだからって、全然安心できないじゃないか。もう今すぐ帰りたい。帰りたい、帰りたい――。

――帰りたい？

突然、氷柱《つらら》のような何かが、エリカの胸を貫いた。

――それは、中学時代を丸々過ごしたアメリカに？　じゃなくて、四年ぶりに住む日本に？

自分の心を覆《おお》うもやもやの正体が、一瞬見えてしまった。〝嬉しい〟でも〝寂しい〟でもない、その場にうずくまって頭を抱えたくなる感情――。

幸い、ちょうど、一回目の食事の時間がやってきた。

ＣＡさんがニコニコしながらやってきて、テーブルの上に白い厚手の布を広げてくれる。続いて運ばれてきたのは、きちんとした白い陶器のお皿だった。「こちらアミューズでございます。帆立貝のタルトレットに、パプリカのグリッシーニ、そして……」という日本語かどうか疑いたくなる説明を、目を丸くしながら聞く。

まさに空の上の高級レストランだった。アミューズの次はアペタイザー、メインディッシュ、ブレッド、そしてデザート。せっかくの日本の航空会社なのに、どうして牛肉のステーキを選んでしまったんだろうという後悔は、一口食べた途端に霧消した。あらゆるジュースも、炭酸飲料も、水も牛乳も飲み放題。食事の間は、ＣＡさんが頻繁に様子を見に来ることもあり、嫌なことを忘れていられた。

緊張がぶり返したのは、エリカがデザートのキャラメルプディングを食べ終わろうとしていた頃だった。

「オー、ノーノーノー！　アイドンニーディス。ノーサンキュー」

突然の大声に、びくりと肩を震わせる。また、グラさんだ。ＣＡさんに向かって、流《りゅう》暢《ちょう》だけれどほんの少しだけカタカナっぽい英語で、興奮したように怒鳴っている。

そっと振り返ると、ＣＡの宮崎さんが、一番後ろの席に向かって、ペコペコと頭を下げていた。グラさんがまだ小声でぶつぶつと文句を言っているのかもしれない。ＣＡさんが申し訳なさそうな顔をして、手に持っていたデザートプレートをそのまま運んでいく。

よく見えなかったけれど、エリカが食べているプディングとは別物のようだった。和食にすると、デザートの種類もまるっきり違うのかもしれない。

グラさんは、甘いものが嫌いみたいだ。

でも、それにしたって、一口も食べずに突き返さなくてもいいのに。二度目のクレームに、心が沈んだ。泣きたいのは、エリカではなく、お客さんにひどい態度を取られたCAさんだろうけれど。

美味しかったはずのプディングを、スプーンを口に押し込むようにして、無理やり食べた。すかさずCAさんがやってきて、「お下げしてよろしいでしょうか？」とこちらを覗き込んでくる。お皿とテーブルクロスを運んでいった彼女の表情は、意外にも晴れやかだった。

さすがプロだ。日本と外国を股にかける、カッコいい大人の女性だ。ああいうクレームの一つや二つでは、動じも落ち込みもしないのだろう。

それに引き換え、自分は。

エリカが目を伏せた瞬間、後方からバタバタとした足音と叫び声が聞こえてきた。

「マーム？　マーム？」

走ってきたのは、ブロンドヘアの幼い女の子だった。お母さんを捜しているらしい。後ろから来たということは、お手洗いに行った後に戻る席が分からなくなり、エコノミークラスとは反対方向に駆けてきてしまったのだろう。

女の子がいるのは、エリカから見て遠いほうの通路だった。そばに座っていた香水さんが立ち上がり、「アーユールッキンフォーユアマム？」と綺麗な英語で尋ねる。女の子が泣きべそをかきながら頷くと、香水さんは「カムウィズミー」と笑顔で彼女を手招きし、後方へと去っていった。

日本語を話しているときとは別人のような、とても低くて優しい響きの声だった。

その声のトーンを聞いただけで分かる。彼はバイリンガルだ。

アメリカに住んでしばらくしてから分かったけれど、日本語と英語は、そもそも発声方法が違う。日本語は喉にかかる音が多いから、自然と声が高くなる。英語はどちらかというと腹から声を出すため、女性でも低い声になりやすい。だから、エリカのような帰国子女にとっては、日本人CAによる機内アナウンスは違和感が強かった。日本語特有の高音で喉にかかる喋り方のまま、同じように英語を話すCAがほとんどだからだ。

四年も住んでいるうちに、さすがに発声方法の違いくらいは身についた。日本語で歌をうたうと喉を痛めることが多いけれど、英語だとそうならないということは、たぶんマスターできているはずだ。

でも、エリカの英語の発音は、香水さんほど滑らかじゃない。アメリカ人のように綺麗だと、自分で思ったことは一度もない。

どこをどう直したらいいのか分からないまま、四年間が過ぎた。自分より後にアメリカに渡ってきた韓国人の男子は、二年もすればほとんどネイティブの英語を喋れるようになっていた。イングリッシュの授業で音読の順番が回ってくると、必ず口パクでエリカの発音を真似するアメリカ人の女子がいた。中国人のシンシンだけが「私も下手だよ。仲間、仲間」と慰めてくれたけれど、彼女はどんなアメリカ人よりも数学や理科ができて、周りから一目置かれる存在だった。

私だって、香水さんみたいな、カッコいいバイリンガルに……。

急に、スイッチが入ってしまった。

涙がとめどなくあふれ、引き出したままのテーブルにぽたぽたと落ちる。

濡れた頬《ほお》を拭《ぬぐ》いながら、テーブルをしまい、荷物入れの中のショルダーバッグに手を伸ばした。犬のぬいぐるみを出そうとしたのに、先にごわごわしたものに手が触れる。自分に追い打ちをかけるだけだと分かっていながら、英語と日本語、二つの手紙の束を取り出した。

それぞれ一つずつ、封筒の裏に書かれた名前が見える。英字のほうは、物理のクラスで同じ班になって何度も実験をしたのに、授業以外で一度も話さなかったアメリカ人の女子。漢字のほうは、五年生の頃に何度も家に遊びに行った記憶があるけれど、渡米して一か月くらい経ってからパソコンからメールを送ろうとしたら、アドレスが変わっていてエラーメールが返ってきた元同級生の女子。

もうダメだった。胸が痛くて、痛くて、涙が止まらない。

「……よろしければ、お使いになりますか？」

透《す》き通った声が、頭上で聞こえた。

はっとして見上げると、CAの宮崎さんが心配そうな顔をして、半透明の袋に入ったおしぼりを差し出していた。

「あっ、ありがとうございます……」

みっともない姿を見られてしまった、と顔が熱くなる。俯いておしぼりの袋を開けていると、隣にCAさんがしゃがみ込む気配がした。

「一人でのご搭乗、心細いですよね。もし差し支えなければ……お話、聞きますよ。私でよければ、ですけど」

接客時の決まった台詞《せりふ》を口にするときより、遠慮がちな言い方だった。プライベートな事情に踏み込んでいいのかどうか、迷っているふうに聞こえる。

「離陸直後にあんなことがあったので、ご不安でしょうか。全客室に防犯カメラがあったらよかったんですけど……」

「あ、いえ、そうじゃなくて。私、あの……」

自分でもびっくりするほど、言葉が次から次へと飛び出した。四年間、家族と一緒にニューヨーク近郊に住んでいたこと。現地校に通っていたこと。この飛行機で、日本に本帰国すること。

「……嫌なことばっかりだったんです。四年間。住めば自動的に英語ができるようになるって思ってたのに、全然そんなことなくて。ううん、五歳でアメリカに行った弟は、すごく発音も上手で、ペラペラになったんです。でも、私は……。いくら頑張っても細かい発音は直らないし、最初の一年くらいは数学の計算問題しか分からなかったし、その後も、みんなが三十分で終わる宿題に三時間かかるし……成績はCとかDばっかりだし……」

クラスメートに発音をからかわれたことや、授業で一度も自発的に発言しようとしなかったため、先生やスクールカウンセラーに何度も個別に呼び出されたことを思い出す。インターネットで英語のサイトを読んで、なんとか宿題のレポートを提出したら、「Plagiarism（剽窃《ひょうせつ》）」とだけ赤字で書かれて0点をつけられたことも。自分の言葉で言い換えるなんてできないから、意味の分かった部分を一生懸命繋ぎ合わせて提出しただけだったのに。

自己表現ができない、シャイで寡黙《かもく》な日本人。周りからはそういう烙印《らくいん》を押された。自分から声をかけられないから、親友と呼べる子は一人だけだった。同じ頃にアメリカにやってきた、中国人のシンシン。

だからエリカは、アメリカに四年も住んでいたのに、これからも付き合いが続くだろうアメリカ人の友達がいない。

「私……四年間も、何をしてたんだろう。学校が終わったら家に逃げ帰って、お母さんや弟と日本語でばかり話して。音楽も映画もドラマも、日本のものばかり好きになって。家族でレストランに行っても、注文は全部、一番発音がいい弟に任せて」

たまに家族で出かけるとき、お父さんとお母さんは、「子どもたちの前で下手な英語を話すのは恥ずかしいから」と、頑《かたく》なに英語を喋ろうとしなかった。

でも、エリカだって同じだ。無理やり現地校に通わされたぶん、日系企業のニューヨーク支社で働くお父さんや専業主婦のお母さんよりは流暢に喋れるようになったはずだけれど、幼い弟の吸収力にはまったく勝てなかった。子どもたち、と一括《ひとくく》りにされるのがつらかった。

「……何が楽しいのか全然分からなくて、学校のダンスパーティーにも、ハロウィンにも行かずに引きこもって。日本から持ってきた日本の小説を、何度も繰り返し読んで。バースデーパーティーにも呼ばれたことないから、アメリカ人の家に入ったこともないし、文化もよく知らないし。日本の子たちは、部活をやったり恋をしたり、きっといろいろ頑張ってるのに」

「日本の学生も、そういう人ばかり、ってわけじゃないですよ」

「もちろん、分かってます。でも私は、帰国子女なんです。絶対訊かれるんです。『ハイスクール？　カッコいい！　英語はペラペラ？　やっぱりダンスパーティーとかあるの？　アメリカ人の彼氏とかいたの？』って。海外ドラマのイメージを押しつけられても、困るのに。私はアメリカ人じゃないし、アメリカが好きで行ったわけでもないのに」

そう。選択肢なんてなかった。

アメリカに引っ越して二ヵ月ほど経った頃、わんわん泣いてお父さんに頼み込んだ。日本に帰らせてほしい、おじいちゃんちから電車で元の小学校に通うから、お願い帰らせて、と。

無茶なことを言うな、と一蹴された。じきに慣れるよ。英語だってペラペラになるよ。今だけの辛抱だよ。

あれは、まだ五年生だったエリカが出した、精一杯のSOSだった。でも、お父さんは、娘の心が限界を迎えていることに気づいてくれなかった。

ううん、気づいていたとしても、取り合う気はなかったのだろう。家族での駐在を会社に伝えていて、いろいろな手当てももらっている以上、娘だけを帰国させるなんて面倒だから。お父さんが気にしているのは会社での立場や出世だけで、娘の気持ちなんて、これっぽっちも興味がなかったから。

だから、エリカの心は内に閉じた。いつだって日本に帰りたくて帰りたくて仕方ない、出来損ないの帰国子女になるしかなかった。

エリカが大切な思春期の四年間を無駄にしたのは、全部、お父さんのせいだ。

「そっか。ということは、待ちに待った帰国の日、なんですね」

CAさんが、エリカを元気づけようとして、笑顔を作る。

でも、その優しい言葉にも、素直に頷くことができない。

「それが……嬉しいって、思えなくて」

「日本に帰ることが？」

「はい。嬉しくもないし……寂しくもないんです。それって、やっぱり、私がどっちにも所属していないからなのかな、って」

絶対に、アメリカ人ではない。

だけど——日本人、なのだろうか？

「アメリカの学校では、朝のホームルームで毎日、教室に飾ってある国旗に向かって、起立して、胸に手を当てて、決まった言葉をみんなで言うんです。アメリカの国旗に忠誠を誓います、って」

「……意外ですね。全然、知りませんでした」

「日本人の私がそれを言うのって、変ですよね。だからずっと、『ユナイテッドステイツオブアメリカ』の部分を心の中で『ジャパン』に置き換えてました。でも……私、卒業した小学校も中学も、日本にないんです。高校だって、もうとっくに仲良しグループができあがってるところに、途中からの転入です。五年生までの友達とは連絡を取ってないし、流行りの曲も芸能人もテレビ番組もファッションも知らないし、部活経験だってない。思春期を全部アメリカで過ごしてきたから、きっと考え方だって違う。たぶん変なことを言っちゃうだろうし、空気を読むとかもよく分からないから、きっといじめられる。洋楽やハリウッド映画の話を振られて、何も答えられなかったら、変なやつって思われるに決まってる。古典も日本史も全然知らないから、落ちこぼれになる。英語くらいは得意でいたいけど、リスニングCDみたいには喋れないし、文法だってちゃんと習ったことない」

息継ぎをするのを忘れて喋ったせいで、呼吸が荒くなった。いったん拭いたはずの涙が、また目の下ににじむ。

ごめんなさい、と言葉がこぼれた。CAさんがゆるゆると首を左右に振り、大丈夫ですよ、と温かく微笑んでくれる。

「……中途半端なんです。私」

CAさんが、ためらいがちに、そっと手を伸ばしてきた。指が細くて綺麗な手が、エリカの肩にぽんと置かれる。そのまま何も言わずに、じっとしていてくれた。

手の温もりが、布越しに伝わってくる。

しばらくしてから、CAさんがゆっくりと頷き、口を開いた。

「大丈夫ですよ。……って、無責任に聞こえるかもしれないですけど。アメリカでも、日本でも、ずっと一緒に過ごしてきたご家族がいます。家族だけは、いつも味方でいてくれますから」

家族か、と思う。それは確かにそうかもしれない。

だけど、エリカの家族のことを知らない人に言われても、ちょっと困る。

「今、お腹いっぱいですか？」

「……え？」

「もう少し、食べられます？」

「ええと……たぶん、はい」

唐突な質問に戸惑いながら、お腹を押さえて返事をした。

CAさんはスマイルを残して、颯爽と去っていった。五分ほどして戻ってきたとき、彼女の手には、白くて大きなデザートプレートがあった。

「ちょっと早いですが、おめでとうございます！」

もう片方の手で器用にテーブルを引き出したCAさんが、エリカの目の前にお皿を置いた。

HAPPY　BIRTHDAY。

プレートの上下に、チョコレートで書かれた文字。その間には、小さなイチゴのショートケーキと、カットフルーツが並べられていた。

エリカが驚きで言葉を失っている間に、CAさんはもう一往復して、シャンパングラスとメッセージカードを持ってきた。カードには、『お誕生日おめでとうございます！　今日が素敵な思い出の一日になりますよう、精一杯おもてなしさせていただきます』という、丸みを帯びた可愛らしい手書き文字が並んでいた。

「あ、あのっ、これ……」

「シャンパンはノンアルコールです。ご心配なく」

「そ、そうじゃなくて！　もしかして、私があの、泣いちゃったから……？」

「いえいえ、本当は日付変更線を越えてからにしようと思ってたんですよ。せっかくお誕生日にご搭乗いただくので、十四時間のフライトを締めくくる形で、バースデーサプライズをさせていただこうかな、と。でも、ちょっとだけ、予定を早めさせていただきました」

バースデーサプライズ。

誕生日当日にビジネスクラスに乗ると、そんなことまでしてもらえるなんて、全然知らなかった。

あれ、と疑問が心に浮かぶ。

もしかして、お父さんは、ビジネスクラスにこういうサービスがあると初めから知っていて、わざと今日のフライトを予約したのだろうか？

ううん、あのお父さんに限って、そんなわけないよね。

きっと、たまたま。

だけど――そうだったのかもしれないと勝手に思い込んでおくだけでも、気分が少しだけ、上向きになる。

ありがとうございます、と丁寧にお礼を言い、フォークを手に取った。口に入れたショートケーキは、去年の誕生日に家族で食べたチーズケーキと同じくらい、ほのかに甘くて美味しかった。

『皆様、成田空港に着陸いたしました。ただいまの時刻は午後九時十分、天候は晴れ、気温は十八度でございます――』

とうとう帰ってきたんだ、と胸がいっぱいになる。でも、まだ実感はわかない。ピン、という音とともにベルト着用サインが消えるとすぐ、エリカは座席から立ち上がった。香水さんはゆったりと準備をしているし、グラさんもまだ動こうとする様子がないから、短距離走のスタートでフライングしたような気分になる。

羽毛布団を畳んでいると、白い封筒が一枚、布の間からぽろりとこぼれ出てきた。日本語で書かれた手紙だった。差出人は、アメリカに行ってから一番長く文通をしていた、小学校のときの同級生。いつか犬のぬいぐるみを航空便で送ってくれた子だ。

危ない、忘れるところだった。

飛行機の中で取り出した覚えはないけれど、輪ゴムが緩《ゆる》かったのかな、などと考えながら、ショルダーバッグを開け、大事な手紙を束に戻す。

この子は今、どんな高校で、何をしているんだろう。ちょっと恥ずかしいけれど、帰国したことを知らせる手紙を送ってみようか。住所が変わっていなければ、ちゃんと届くはずだ。

ちょっぴり清々《すがすが》しい気持ちが、胸に広がる。

十四時間のフライトは、トラブルもあったけれど、これから始まる新しい生活への不安を、ほんの少しだけ解消してくれたようだった。

お世話になった宮崎さんをはじめ、水色やピンク色のスカーフを巻いたCAさんたちに見送られ、飛行機を後にした。入国審査を通過し、急ぎ足で手荷物受取所へと向かう。時間がかかるかと思ったけれど、幸い、エリカが預けていた大きな黒いスーツケースは、すぐにベルトコンベアに吐き出されてきた。

うんうん唸りながら、引っ越し荷物を詰め込んだスーツケースを床に下ろす。おじいちゃんとおばあちゃんが待っているだろうからと、両手で重いスーツケースを押して税関へと向かいかけたけれど、化粧室の表示を見つけていったん引き返した。

エリカが忘れ物に気がついたのは、用を済ませてお手洗いから出てきたときだった。

あっ……れ？

機内に持ち込んでいたピンク色のスーツケースが、すぐ近くの床に転がされていた。手荷物の受け取りに頭がいっぱいになって、小さなほうのスーツケースのことをすっかり忘れていたのだ。

でも、こんなところまで持ってきた覚えはなかった。ベルトコンベアのそばに置きっぱなしにしてしまったのを、誰か他のお客さんが気づいて、わざわざエリカの後を追いかけて、女子トイレの前まで運んでくれたのだろうか。

たぶんそうなのだろうけれど——違和感が拭えない。

床に横倒しにされたピンク色のスーツケースを、じっと見つめる。

その途端、すべての糸が繋がった。

急いで顔を上げ、あの人の姿を探す。

とても目立つ格好をしている彼は、すぐに見つかった。ちょうど、税関の列に並んでいるところだ。

二つのスーツケースを引きながら、エリカは彼のもとへと、できる限り全速力で駆けていった。真っ黒いスーツとハットを身に着けたグラさんの背中に向かって、大声で叫ぶ。

「お父さん！」

びくり、とその肩が震えたのが見えた。振り返りかけたグラさんが、ためらうように動きを止める。

それが答えだった。

「……なあに、その格好」

横に並び、至近距離から見上げる。自分から話しかけるのが久しぶりすぎて、声が震えた。

こうやって近くからまじまじと見ると、今の今まですっかり騙されていたことが不思議に思えてくる。ラウンジや飛行機の席も離れていたし、関わり合いになるのを恐れて意識的に目を逸らしていたから、気づきようがなかったのかもしれないけれど。

グラさんは諦めたように肩を落とし、ゆっくりとサングラスを外した。エリカがよく似ていると言われる、日本人にしては彫りの深い顔が、下から現れる。

「やあ」

照れくささと悔しさが、混じったような声だった。

「……どうして分かった？」

「スーツケースが、床に寝かせてあったから」

親切な人がベルトコンベアのほうから押すなり引くなりして運んできてくれたなら、普通はそのまま、キャスターがついているほうを下にして置いていくはずだ。でも、女子トイレの前に放置されていたピンク色のスーツケースは、なぜか横倒しになっていた。

「立てて置くのが嫌なんだ、って勘違いしたんでしょ？　ニューヨークの空港で、お父さんがスーツケースを起こした瞬間に、私がめちゃくちゃ怒ったから」

「えっ……か、勘違い？」

「あれはね、持ち手を触ってほしくなかったの。シンシンからもらった大事なストラップをつけてたから」

「うわ、しまったな。なんでだろうって不思議に思ってたんだよ。そういうことなら、普通に縦に置けばよかった」

お父さんが、がっくりと肩を落とす。

「で、お父さん……その格好は？」

「仕事用のスーツだとバレるかもしれないから、家族の前で着たことがない服にしたんだ。アメリカに渡る前に、ブラックフォーマルを新調したんだけど、この四年で使う機会がなくてね」

「空港を出発するときから、ずっと見張ってたの？」

「だって、心配じゃないか。十五歳の娘を一人で日本に帰らせるなんて。お母さんは『可愛い子には旅をさせよって言うし』ってずいぶんと乗り気だったけど、何も本帰国の日じゃなくたって……。でも、俺が出張がてら一緒についていくと言っても、絶対に拒否するだろ？　だから陰からこっそり見守ることにしたんだ」

見守る、というまっすぐな愛情がこもった言葉に、思わず動揺する。

「……本気で言ってる？　ストーカーみたいで、気持ち悪いんだけど」

「ごめんよ。まさかバレるとは思わなかったんだ」

「ラウンジに忘れたぬいぐるみを受付のお姉さんに渡してくれたのも、私に優先搭乗のことを知らせるようスタッフに伝えたのも、全部お父さんだったんだね？」

よく考えたら、そうじゃなきゃおかしかった。忘れ物を見つけたラウンジのフロアスタッフがそのまま後を追ってくるならまだしも、入り口の受付にいた女性スタッフがぬいぐるみを持っていたのは、誰かが彼女にそれを託したということだ。優先搭乗だって、出発時刻間際でもないのに、ああやって個別に案内されるはずがない。

「私の席を荒らした犯人も、お父さんだったんでしょ？」

「いやっ……ええと……」

「何かを盗もうとしたわけじゃなかったんだ。紛れ込ませようとしたんだよね。私がニューヨークの空港に落としてきた思い出の手紙を、私の荷物の中に」

飛行機を出る間際、羽毛布団の中から、日本の元同級生からもらった手紙が見つかった。機内では読み返さなかったのに、どうしてこんな場所から出てくるのだろうと不思議に思った。

あれは、エリカがニューヨークの空港で最後に読んでいた手紙だった。思い返せば、その手紙を束に戻した記憶がない。

お父さんは、エリカが落としていった大事な手紙を、娘が席を立った隙《すき》にこっそりバッグの中に戻そうとしたのだろう。だけど、もともとの雑な性格が災いし、羽毛布団を乱して持ち物をぶちまける結果になってしまった。

「だってさ、思ったより早かったんだよ。トイレのドアが開く音が聞こえるのが。それで慌てて、途中で放り出したんだ」

「そんなことをしなくても、後で渡してくれればよかったのに」

「いやいや、俺が直接手紙を返したら、絶対不機嫌になるじゃないか。空港でも『見ないで！』って怒られたばかりだったし……」

ようやく腑《ふ》に落ちる。あの〝盗難未遂騒ぎ〟は、お父さんに対するエリカの言動が招いた結果でもあったのだ。

「機内でずっと英語で喋ってたのは、声で私に気づかれないようにするため？」

「うん……」

家では日本語でばかり喋っていた。家族でレストランに出かけたときも、発音のいい弟が毎回注文していた。お父さんが英語を喋るのを聞く機会なんて、アメリカに行ったばかりの頃はともかくとして、思えば最近はまったくなかった。その上、ある程度英語に慣れている人なら、日本語を話すときと英語を話すときで、声のトーンが変わる。

ちょっぴり悔しくて、「へえ。英語の発音、意外と上手くなってたんじゃん」と上から目線で負け惜しみを言う。するとお父さんは、「そう？　娘に褒められると嬉しいな」とだらしなく口元を緩めた。

「ってことは……飛行機の中で、CAさんに二回も文句をつけてたのは、もしかして──」

「離陸前に挨拶に来たときは、名前を呼ばれそうになったんだよ。それを慌てて阻止した。二回目は、食事の終盤で、バースデーサプライズをされそうになってさ。ありがたかったんだけど、さすがに聞こえたらバレると思って……」

お父さんの誕生日は、エリカの一日前だ。

そういうことだったのか。だからCAさんは、日付変更線を越える前に、お父さんのところに特別なデザートプレートを運ぼうとしていたんだ。

「でも、あれはちょっとひどいよ。完全にクレーマーだったもん。大声を出したり、せっかくのケーキを一口も食べずに突っ返したり……」

「あ、いや、勘違いしないでくれよ！　あのCAさんにはその場でちゃんと謝ったんだ。小声で事情を説明したら、『そういうことでしたか！』ってすぐに理解してくれた。バースデープレートだって、こっそり取り置きしてもらって、軽食代わりに食べたんだ。決して無駄にはしてないし、何度もお礼を言ったよ！」

お父さんの必死の弁解で、最後の謎が解けた。

だからCAさんは、クレームを受けた直後にもかかわらず、晴れやかな笑みを浮かべていたんだ。エリカの悩み事を聞いてくれたとき、「家族だけは、いつも味方でいてくれます」って、唐突にも聞こえるアドバイスをしてくれたんだ。

非日常の長い空の旅を、エリカは一人で乗り切ったと思っていた。だけど、そうではなかった。何事もなく日本に帰ってくることができたのは、お父さんという黒子がいたからこそだった。

知らなかった。勝手に娘の一人旅についてきてしまうくらい、お父さんがエリカのことを、ちゃんと〝見ようと〟していたなんて。

「ねえ、一つ訊いていい？」

「……何だ？」

「アメリカに行ったばかりの頃、日本に戻りたいって泣いた私を、帰国させてくれなかったのはどうして？」

「そりゃ――」

お父さんが、今さら何を、というように目を瞬《またた》いた。

「――家族はいつも、一緒にいるものだからだよ。隣にいないと、理解しようとすることすらできない。いつだって無条件でそばにいて、味方でいてあげるのが、親の役目だろ？」

ふうん、とエリカは頷く。あえて、興味がないふうを装って。

「あーあ。お父さんってホント、おせっかいだなあ。飛行機に乗るくらい、一人でもできるよ。もう十五歳――ううん、十六歳なんだから」

「でも、役には立っただろ？　ちょっとくらいはさ」

「そうだ、お父さんも、おじいちゃんの車に乗って帰る？」

「あ、いや、一応今回は本帰国前の出張ってことになってるから、どこかこのへんのホテルに――」

「いいじゃん。もうバレちゃったんだし。一緒にかーえろ」

黒いスーツに包まれたお父さんの二の腕を、指先に力を込めてつつく。列が動くのに合わせて、同時に一歩、前に進んだ。

心を覆っていたもやもやが、ぱっと吹き飛んでいく。

自分にはずっと、味方がいた。気づいていなかっただけで、これまでも、きっとこれからも。

今は、中途半端な〝エリカ〟でいいのかもしれない。

どんな自分であっても、人知れず陰で支えてくれる人や、ありのままを受け入れてくれる人は、いつだって近くにいるから。

もうじき、四年間の長い旅が終わる。

夜の成田空港には、始まりの予感が漂っていた。

（了）

凪《なぎ》良《ら》ゆう

# 「表面張力」

**凪良ゆう**（なぎら・ゆう）

滋賀県生まれ。２００６年、「小説花丸」に「恋するエゴイスト」が掲載されデビュー。以降、各社でＢＬ作品を刊行。２０１７年一般文芸作品として講談社タイガより『神さまのビオトープ』を刊行し高い支持を得る。２０２０年『流浪の月』で本屋大賞を受賞。その後、『わたしの美しい庭』を発表。近作の『滅びの前のシャングリラ』で２年連続本屋大賞ノミネートとなる。

《管理人》

東向きのアパートは午後になると日が射さず、昼寝をするのに具合がいい。座布団をふたつに折って頭の下に敷《し》き、弟はずっと目を閉じている。涅槃仏《ねはんぶつ》のように安らかないい顔をしているが、さっきからずっと弟のスマートフォンが着信を示す光を放っている。

――〆切を破っている状況で、よく昼寝ができるなあ。

弟の職業は作家である。今回はプロットという原稿を書き出す前のあらすじが浮かばない。素人《しろうと》からすれば、あらすじすら浮かばないなんて職業的危機ではないかとハラハラするが、最終的に刊行予定月に本が出ればよいのだと弟は言う。

「央二《おうじ》、着信続いてるぞ、編集さんだろう。出てあげれば？」

「出たってアイデアは浮かばないから無意味だ」

「怒って仕事もらえなくなったらどうするんだ」

「困る。俺には会社勤めは向いてない」

そう言いながらも頑《かたく》なに電話に出ようとしない。実は意外と焦っているのかもしれないと思ったとき、今度は自分の携帯が鳴った。スマートフォンではない古い型だ。知り合いの工務店の親方の番号が表示されている。工事の進捗だろうとすぐに出た。

「お世話になってます。取り壊しのほうは順調ですか」

『それがさあ、ちょっと変なもんが出てきちゃって』

「変なもの？」

ざっと説明を聞いて、とりあえず現場を見にいくことになった。「暇だから」と弟もついてくる。「暇じゃないだろ」とは言わないでおいた。兄の優しさだ。

電車に乗り、少し前まで暮らしていた実家へと向かった。実家は長らく『すみれ荘』という下宿を経営していたのだが火事を出してしまい、老朽化が危ぶまれていたこともあり現在は取り壊し工事中で、一度更地にしたあと建て直しを計画している。

「これなんだけどさあ」

工事をお願いしたのは地元で古くからつきあいのある工務店。お爺ちゃんといってもいい親方について二階へと上がり、奥の一室に『変なもん』はあった。

「え、なにこれ」

南側の壁一面に御札が貼られていた。

「剝《は》がれた壁紙の下から出てきたんだよ。どう見ても曰《いわ》くありげだろう？」

親方は気味悪そうに壁に視線をやる。言いたいことはわかる。御札と言っても一般的に神社でもらう家内安全や厄除《やくよけ》開運などのものとはあきらかに違う。まずなんと書いてあるのか読めない。これは字なのか、模様なのか。首をかしげていると弟がつぶやいた。

「種字《しゅじ》だ」

古代インドのサンスクリット語が起源となっている文字であり、この不気味な模様に見えるものは一文字でなんらかの神さまを表しているのだと言う。

「ありがたいもんなんだな」

親方が雑にまとめてくれた。

「で、これどうすりゃいいんだい。引っぺがしちまってもいいのかい？」

「わからない。なにを祀ってるかで意味も変わる」

「じゃあ御建《みたて》さんにでも見てもらうか」

親方がスマートフォンを取り出し、懇意《こんい》にしている地元の神社に電話をかける。工務店では土地の持つ穢《けが》れを浄化するために、工事前に施主《せしゅ》と共にお祓《はら》いをすることが多い。水回りは鬼門を避けたり、悪鬼除けのため柊《ひいらぎ》や南天《なんてん》を植えたりもする。理屈では説明できないものへの対応がマニュアル化しているのがおもしろい。

「ああ、国見《くにみ》さん、ちょっと見てほしいもんがあるんだけどさ」

親方がビデオ通話に切り替えて画面を壁に向ける。

「これなんの御札かわかるかい。え？　管轄違い？」

少しのやり取りのあと、親方はしかめっ面で通話を切った。

「この御札は神社の管轄じゃないからわからんってよ」

「どういうことです？」

「さあね。あっこも親父さんが引退したあと息子が神主を継いだんだが、通信販売で資格を買ったとか噂があって、胡散臭いっていうか、とんと頼りにならねえんだよ」

「神主の資格って通信販売で買えるものなんですか？」

「最近はなんでもツーハンツーハンだからな」

「買えない」

弟がぼそりと言った。

「通販で神職の資格は買えないし、通信教育で資格を取得したということが間違って伝わってるんだと思う。管轄違いというのも、梵字は密教系で多く使われる文字だし、密教は仏教と密接に結びついているものだから寺に訊けって意味じゃないかな」

「へえ、詳しいねえ。一悟《いちご》くんの弟さんは宗教関係かい？」

「弟は作家なんです」

「そりゃまた頭が良さそうだ」

そうなんです、と兄として鼻が高くなった。

「けど、これどうするかねえ。祟《たた》られても嫌だし。一悟くん、これ貼った人になんの御札なのか訊いてくれよ」

「と言われましても」

年季の入った下宿だったので店子《たなこ》さんの数も相当になる。けれど御札を貼ったのは青池《あおいけ》ほのかという女性だと思う。古い部屋を少しでもかわいくしたいと薄いサーモンピンクの壁紙に貼り替えていた。それ以前の壁には御札などなかった。

「ずいぶん前の店子さんだし、連絡先のファイルも火事で焼けてしまって」

「心霊現象でもあったのかねえ」

そんな話はついぞ聞いたことがないが、わからないまま工事を進めるのを嫌がる親方の気持ちもわかる。どうしたものか思案していると、もうひとり職人がやってきた。前の現場が終わったので手伝いにきたと言い、壁一面の御札を見て眉をひそめた。

「なんですか、これ」

「わかんないから困ってんだよ。あ、おまえ確か坊さんの友達がいたな」

「寺の息子だけど、普段は幼稚園の先生ですよ」

「なんでもいいから、ちょっとこれなにか訊いてくれよ」

はいはいと職人はスマートフォンで御札の写真を撮り、その友人に送ってくれた。返事はすぐにきた。画面を見て、ぷっと職人が噴き出した。

「恋愛成就の札だって」

全員がぽかんとし、次に脱力した笑いが洩れた。

「なんだい。こんなおどろおどろしい御札の正体が恋愛成就かい」

「でも思い出しました。ほのかちゃん、占いやおまじないが好きな子だった」

「女ってそういうの好きですよねえ。にしても、ここまでやるか」

職人が壁一面に貼られた御札を気味悪そうに見る。弟は特にコメントはせず、なにかを考えるように腕組みで室内を歩き回っている。

「下宿の女の子なら、惚《ほ》れられてたのは一悟くんの可能性もあるねえ」

親方がにやにやとこちらを見るので、ないないと首を横に振った。

「特別美人ってわけじゃないけど、おっとりしてて男の子に人気のある子でしたよ。仲のいいグループでよく試験勉強してたけど、グループの男の子たちはみんなほのかちゃんが好きな感じで、ああ、でも困った騒ぎもあったっけ」

「騒ぎ?」

「休日とか大学からの帰り道とか、ほのかちゃんを尾《つ》ける男がいたんですよ」

「ストーカーってやつか」

「警察に相談するのを勧めたんですけど、逆恨《さかうら》みされるのも怖いから大袈裟《おおげさ》にしないほうがいいって、友達の男の子たちがボディガードをかって出たんです。一ヵ月くらい男の子たちが送り迎えして、それ以降は尾け回しはなくなりましたけど」

「昔も今も、惚れた腫れたで物騒な事件ばっかだよ」

そう言ったあと、親方がしまったという顔をした。ここ『すみれ荘』が焼けたのも、様々な人の感情が絡んだ事件の結果であることはご近所中が知っている。が、それはまた別の話なので、ここでは触れないことにしよう。

「まあとにかくアレだな。取り壊す前に一応お祓いを頼むかい」

親方がさりげなく話題を変え、そうですねとうなずいた。じゃあ今回のお祓いは寺に頼めばいいのかねえ、と訊いてくる。まずは相談が先となり、今日の工事は中断された。みんなで一階に下りていくが、弟がついてこない。振り返ると、弟は室内に残って壁一面の御札をスマートフォンで撮影していた。

《園長》

三月の卒園式を控え、お別れ会、親子会食、卒園生を送るバンビ組の合唱などの準備に時間が取られる中、園児の間でインフルエンザが流行《はや》り、ついに先生もふたり罹《かか》ってしまった。家に帰ってもシフト表とにらめっこが続く中、スマートフォンが鳴った。飛びつくように取ったが、着信画面には『実家』と出ていて気落ちした。出ると母親からで、父親の還暦祝いの件だった。

『せっかくだから、ちょっといい仕出しを頼もうと思うんだけど』

「いいんじゃない。でも母さん、その日、瑶子《ようこ》が仕事なんだ」

『日曜日よ？』

「えらいさんのお供で地方に出張なんだよ」

沈黙が落ちた。

『そんなに忙しくて身体《からだ》は大丈夫なの？』

心配する言葉とは裏腹に、鼓膜に苦みがじんわりと広がるような口調だった。

母親は寺の三女として生まれ、同じく寺の跡継ぎ息子だった父親と結婚し、兄とぼくを産んだ。母親は一度も外で働いたことがない。しかし寺の嫁として地域の行事や檀家《だんか》とのつきあいをこなし、共働きの奥さんよりよっぽど忙しいが口癖の人だ。

『日曜に奥さんが家にいないなんて、あなたもゆっくりできないでしょうに』

「共働きなんだから、普段から家事は半々だよ」

『男と女じゃ責任の重さが違います』

「社会人なんだから同じだ。それに瑶子は営業一課初の女性次長だよ」

『じゃあ将来子供を産んでも、瑶子さんは仕事を続けるつもりなの？ うちの幼稚園は仏さまの教えに則《のっと》って情操教育に力を入れてるのよ。その園長の奥さんが仕事ばっかりして家や子供を顧みないなんて、親御さんや檀家さんたちにどう説明するの』

このあたりでぼくは反論はやめ、うん、そうだね、ちゃんと考えるよと相槌を打つだけになる。母親は兄を寺の跡継ぎとして、弟のぼくを寺の附属幼稚園の跡継ぎとして育て上げたことを誇りに思っている。人と人のつながりを大事にし、まずはその最小単位である家族を人生の最優先事項に置いて生きてきた。その考えは間違っていないし、兄もぼくもなに不自由ない子供時代を送れたことに感謝している。しているけれど——。

『まあでも、あなたは昔から自由な考え方をする子だったわね。次男だからかしら。これからの時代、あなたのような人じゃないとお嫁さんの来手がないのかもね』

おとなしく聞いていると母親も落ち着いてくる。

『逆にお兄ちゃんが昔気質《むかしかたぎ》なのは長男だからかしら。ちょっと不器用なところはあるけど、昔からあるものを尊《たっと》ぶ姿勢は住職としていいところよ』

「ああ、寺は兄貴、幼稚園はぼく。適材適所だ」

『本当にそうね。瑶子さんがお兄ちゃんのお嫁さんだったら大変だったわ』

母親がおかしそうに言う。機嫌が直ったのはよかったが、これはこれで頭の痛い問題を含んでいる。兄の嫁は母親の考えを鏡に映したような人で、面倒な檀家とのつきあいもそつなくこなし、常に兄と両親を立てて夫婦仲も嫁姑《よめしゅうとめ》仲も円満だ。

『瑶子さんも少し見習ってくれればねえ』

最後にチクリと刺され、通話を切るとどっと疲れた。母親は愛情深く、かけた手間の分だけ期待もかけてくる。それがプレッシャーとなり、昔から母親とは正反対の女性とばかりつきあってきた。それは果たして『自由な考え方』と言えるのだろうか。

ふたたびスマートフォンが鳴った。今度こそかと勢い込んだが、工務店に勤めている友人からだった。待っている連絡ではなかったことに落胆しながらメッセージを開き、ぎょっとした。壁一面に貼られた御札が目に飛び込んでくる。

【なんの御札かわかる?】

【取り壊し予定の建物から出てきたんだけど】

古い建物だとたまにあることだった。曰くありげな品が出てきたときはお焚《た》き上げをしてほしいと実家の寺にもよく持ち込まれてきた。しかしこれは——。

【恋愛成就の御札だと思う】

考えた末、問われたことにだけ短く答えた。

寺の息子として仏教系大学を出て、本山で修行もした身なので知識はある。この御札には愛染明王《あいぜんみょうおう》の種字が書かれている。仏教の中で唯一愛欲を肯定している神であり、御札の御利益としては恋愛成就となる。画像なのでよくわからないが、一枚ずつの微妙な差異から察するに直筆だろう。うちの寺だと特別な祈禱《きとう》を必要とする強力な御札で、すごい執念を感じる。

「なあに、これ」

ふいに後ろから覗き込まれ、びくりと肩が揺れた。

「瑶子か。驚かすなよ」

「難しい顔でなに見てるのかなと思って。それなんなの」

壁一面に貼られた御札の画像に瑶子が眉をひそめる。

「なんだか気持ち悪い」

「貼り方がおかしいんだ」

御札は神仏を宿しているので丁重に扱わなくてはいけない。太陽が輝く南向き、もしくは太陽が昇る東に向けて、見下ろすことにならないよう目線よりも上に貼る。けれど送られてきた画像では、室内の日の射し具合から見て南側の壁に貼られているようだ。つまり御札の正面が北になり、太陽に背を向けている。しかも壁全面に貼られているので足下の御札は見下ろすことになる。効力が半減どころか仏罰を心配するほどだ。

「貼り方を間違えただけでばちが当たるの？」

「ばちっていうより、間違った貼り方をすることで札の力がひっくり返るんだよ。下手《へた》したら幸せを祈っているのに厄災を呼び込むこともある。その効果を狙った呪《のろ》いがあるくらいだ。なまじ強力な護符ってのは怖いんだよ」

「これも誰かを呪ってる御札なの？」

「どうかな。単に知識がなかっただけかもしれない」

普段なら一言忠告するところだが、取り壊しが決まっている建物の壁から出てきたのなら、もういいだろうと判断した。事情がわからない人間が余計なことを言い、過去に遡《さかのぼ》って波風が立っても困る。

「そうね。厄介ごとに巻き込まれるのはごめんだわ」

すぱりと言い切り、それよりも、と瑶子は声をひそめた。

「お義父《とう》さんの還暦祝い、どうなった？」

「仕事だから行けないって伝えておいたよ」

「お義母《かあ》さん、怒ってたでしょう」

「いいや。忙しそうだけど身体は大丈夫なのかって心配してた」

嘘ではない。しかし瑶子も鈍感な女ではない。

「また減点されちゃったわね」

「気にするな。仕事してたらこういうこともある」

瑶子がなにか言いたげに口を開いた。

——でもお義母さんはお勤めの経験がないから。

——寺の嫁として、勤め人よりもすごい仕事をしていると自負しているから。

それらの言葉を飲み込み、まあそうねと瑶子は笑った。口にしても波風が立つだけのことは言わず、夫の言葉に騙されたふりで好きに働いている。

最初はそうではなかった。結婚当初は瑤子なりに気を遣い、休日はまめにうちの実家に顔を出してくれていた。けれど実家を訪れるたび兄嫁と比較され、いつしか無駄な努力をやめてしまったのだ。

——あの人と比べたら誰だってできそこないね。

実家からの帰り、瑤子が苦笑いを浮かべた。同期の出世頭として着実にキャリアを積み重ねている瑤子にとって、ことあるごとに使えない人間扱いされるのは生き方そのものを否定されるような屈辱だったろう。

自分を駄目にするものからは距離を取ればいい。けれど身内ではそうもいかず、血は煮詰まれば業《ごう》となる。世の中に肉親絡みの事件が多いのは当然の帰結だろう。泥沼にはまる前に瑤子はスタンスを変えた。彼女の頭のよさを尊敬しているし愛している。

「でもせっかくの還暦祝いだものね。プレゼントだけは今度の休みに持っていくわ」

「悪いな。そうしてくれると親父たちも喜ぶよ」

「どういたしまして。ああ、そうだ。明日わたし遅いから夕飯頼んでもいい？」

「いいよ。なにが食べたい？」

「遅いし野菜メインでお願い。接待続きで太ったの」

「ちょっとくらいふっくらしてるほうが女はかわいいよ」

「それセクハラ。職場では気をつけて」

ぴしゃりと言い、瑶子は部屋を出ていった。ぱたりとドアが閉まると同時、スマートフォンが震えて画面にメッセージが浮かんだ。今度こそ都《みやこ》からだ。

【連絡遅くなってごめんなさい。今度の金曜日ＯＫです】

反射的に口角が上がった。都は園の先生で、仕事の悩み相談に乗っているうちにそういう仲になった。

【最近疲れてるから、都の部屋がいいな】

返信し、なんとなく背後を振り返った。さっきはいきなり後ろから覗かれて驚いた。都からのメッセージを見ているときだったらと思うとぞっとする。

【わかった。ご飯作って待ってるね】

続けざまに送られてきたハートを抱いたうさぎのスタンプを見ながら、ぼんやりと考えた。ぼくは瑶子を愛しているし、瑶子のような女を愛せる自分でいたい。男女は平等であるべきだし、同権であるべきだ。ぼくたちの世代が当たり前に獲得せねばならない感覚だと、あの母の子として生まれたからこそ余計に思う。

なのに、たまに疲れてしまう。ふいに、そうではないものに惹かれてしまう。どこか垢抜けず、ぼくが遊びにいくと狭い台所に立ち、たいしておいしくもない料理をかいがいしく作ってくれる都といるとホッとしてしまう。ぼくはぼくに失望している。

《彼女》

候補を何点かに絞ってからが長かった。お義母さんのお供でデパートのメンズフロアを何周もして、結局は一番最初に見たワインレッドのカシミヤのセーターに決まった。

「やっぱり派手じゃないかしら」

「落ち着いた渋い赤ですし。お義父さんに似合うと思います」

「でも檀家さんの目もあるし」

「還暦祝いですし、みなさんご理解ありますよ」

朝から似たようなやり取りをしている。違う。ここ数日ずっとしている。そのうちランチが運ばれてきて、お義母さんの意識がようやく移った。

「炒飯《チャーハン》だけは家じゃおいしくできないのよね」

「火力が違いますからね」

パラパラとした黄金色《こがね》の炒飯に紅白の海老《えび》が映えている。翡翠餃子《ひすいぎょうざ》の薄い緑色。薄味で上品な中華はお義母さん好みだ。疲れたのでビールで一息つきたいけれど、昼間からお酒なんてお義母さんにはとんでもないことだ。

お寺に嫁《とつ》ぐと言ったとき、友人たちからは心配された。しきたりやつきあいが多いのは当たり前として、最近はお寺の経営も大変なのよというのが理由だ。けれどうちのお寺は檀家さんがしっかりついていて、地元では名士扱いで経済的にも裕福だ。

ランチのあとは地下で夕飯の買い物をした。半端な時間に食べてしまったので夜は軽めにしたい。酒蒸しにしましょうかとお義母さんが新鮮なイトヨリに目をやる。いいですねとうなずくわたしの隣で、若い女性が鯖《さば》の味噌煮をカゴに入れていった。

「煮魚くらい家で作ればいいのにね」

帰り道、電車に揺られながらお義母さんが言った。

「魚は扱いが難しいですから」

「湯引きして氷水で丁寧にぬめりを取るのがコツね。あとはお酒を使うこと」

「お義母さんに教えてもらってから、わたしも少し魚料理が上達しました」

「ふっくらと仕上がるでしょう？」

「はい。少しの手間でこんなに変わるんだって」

そうなのよ、とお義母さんの声の調子がワントーン上がる。お義母さんはお寺で料理教室を開いている。人に教え、誰かの役に立つことを歓びとする人なのだ。そうすることで自分も元気になると言う。素晴らしいとわたしは思う。中には知っていることもあるけれど、わたしは黙って聞いている。そうなんですねとあいづちを打つ。嘘なんてついてない。ただ知らないふりをしているだけだ。

「あの人にも教えてあげたんだけど」

お義母さんが苦笑する。わたしの夫の弟、お義母さんにとっては次男のお嫁さんのことだ。わたしたちは最初から同居が当然だったけれど、次男夫婦は駅からすぐのマンションで暮らしている。会社員の義妹《いもうと》のために、少しでも通勤に便利な場所を選んだのだと義弟《おとうと》が言っていた。隣で義妹は誇らしそうにしていた。

義妹は以前はよくうちに顔を出していたけれど、お義母さんとそりが合わず次第に訪れが減っていった。忙しい義妹は料理でも家事でも合理的にやる。お義母さんが蒸し器を使うところ、義妹は電子レンジを使う。畳が傷むからと箒を使うお義母さんに対して、ルンバが相棒の義妹。どちらも間違っていない。スタイルが違うだけ。

厄介なのは、お互いに引かないタイプだということ。お義母さんがお料理のコツを教えてあげると、次にくるとき義妹はお取り寄せしたお土産《みやげ》を持ってくる。便利なものはどんどん使って自分の時間を確保したほうがいいですよと率直に意見を述べる。

「まあねえ、あの人はアレでいいのよねえ。次男のお嫁さんだから責任もないし」

悪口にならない程度に、お義母さんは義妹のことをこぼし続け、わたしは曖昧《あいまい》なうなずきを返す。わたしは義妹が嫌いじゃない。義妹だけでなく、昔から特に誰かを嫌ったことがない。誰かを嫌うというのは心の負担になるからだ。嫌いなら見ないふりをすればいいだけなのに、みんなよくそんな疲れることをするものだといつも不思議に思う。

最寄《もよ》り駅で電車を降り、改札を出て西口へと下りていく。次男夫婦が暮らすマンションは東口にある。便利だけれどごみごみとした東口とは逆に、西口は住宅地で一区画がゆったりと大きい。手入れの行き届いた庭を眺めながら歩いていると、道の向こうまで長く続く白塀が現れる。うちのお寺だ。この時間、平日なら敷地内にある附属幼稚園から子供の声が聞こえてくる。たくさんの小鳥のさえずりのようでかわいらしい。今日は静かだ。

帰宅すると、疲れたから夕飯まで横になるとお義母さんは寝室に引き上げていき、わたしは寺務所にお茶を淹れにいった。お義父さんは出かけていて、夫がひとりで事務作業をしていた。休日なのにおつかれさまとデパートで買ってきたお菓子を出した。

「三浦《みうら》さんとこの法事、ぼくが行くことになったよ」

夫が菓子の包みを開けながら言った。

「お義父さん、なにかご用事？」

「三浦さんとこ、今年に入って店を娘さんに継がせただろう。それで家のことも覚えてもらうことにしたそうだ。今後のこともあるから、これからは若い世代同士でって」

今後とは親世代が死んだあとのこと。先祖代々のお墓を任せていただくとは、そういうことなのだ。

「これから、どんどんそうなっていくんだろうな」

夫は目を伏せた。気が重そうな様子が透けて見える。穏やかで優しい人だけれど、やや口下手で、檀家さんたちからは言葉が足りないと思われている。

「少しずつ、ゆっくりでいいじゃない」

夫の湯飲みにお茶を注ぎたしながら言った。

「きみが檀家の奥さんたちとうまくやってくれてるから助かるよ」

テーブルの上で、夫の手がわたしの手に重なる。

「わたしの手柄じゃないわ。お義母さんたちがなにかと引き立ててくれるからよ」

夫の目が細くなり、両手で優しくわたしの手を包み込む。不器用な人だけれど、わたしへの愛情表現は惜しみない。結婚当初から変わらず大事にしてくれる。

寺務所を出て、休んでいるお義母さんを起こさないよう夕飯の準備にかかった。メインが魚の酒蒸しだから副菜はお肉を使おうと算段しながら実家の父を思い出した。

——女の子は小賢《こざか》しくものを考えなくていい。

——黙って相手の話を聞ける女の子になりなさい。

幼いころからそう躾《しつ》けられて育った。母も父の隣で黙ってうなずいていた。反発した時期もあったけれど、今となっては父の言うとおりだったと感謝している。

友人、恋人、義理の両親、檀家さん、みんな話を聞いてもらいたがる。本当の自分を理解されたがる。わたしは父の教えどおり、黙って話を聞く。みんな、わたしといると落ち着くと言ってくれる。

わたしはたまに自分を花瓶のように感じる。みんな、わたしの中に自分という名の花を生けたがる。わたしは沈黙の器になる。わたしはなにも考えない。

夫とは講話を聴きにいったお寺で知り合った。昔からスピリチュアルなものが好きだったので、お寺の跡継ぎでそれらの知識が豊富な夫とすぐに親しくなった。お互い大学生だったこともあり、将来や恋愛の相談まで気安くするようになった。

夫は他の男の子たちと違った。相談をすると、たいていの男の子は矢継ぎ早に実践的アドバイスをくれる。わたしのためというより、頼りになる自分の発表会みたいに。

夫はただじっくりわたしの話を聞いて、うまくいくときもあれば、いかないときもあると、のんびりと無駄話につきあってくれた。あのとき、この人はわたしと似ていると感じた。夫は、わたしという花を生けてくれた初めての花瓶だった。

夫は開運の御札を作ってあげようと提案した。だったら恋愛成就の札がいいとわたしは答えた。いかにも若い女の子っぽくて、振り返ると少し恥ずかしい。

渡されたのは愛染明王の種字を用いた本格的な御札で、夫は丁寧に貼り方を教えてくれた。わたしは下宿に帰ってから教えられたとおりに部屋の壁一面に御札を貼った。

頭の中では、女の子は愛されて望まれるのが幸せだという父の言葉が巡っていた。あのとき、すでに夫がわたしに好意を寄せていることには気づいていた。

父の教えは正しく、今、わたしはこれ以上なく幸せだ。不器用だけれど優しい夫、婚家は由緒あるお寺で地元の名士、義理の両親も良い人たちだ。四季の移ろいが美しい広い庭のある環境で子供を育てていける。結婚の報告をしたとき心配してくれた友達は、今はわたしを勝ち組という。そんな言い方は好きじゃない。

「お母さん、ただいまあ、お腹《なか》へった」

遊びに出ていた子供たちが帰ってきた。お兄ちゃんは今年小学校に上がり、妹は幼稚園のバンビ組。テーブルのお菓子に目をやったので、先に手を洗いましょうねと洗面所に連れていく。子供たちが口ずさむ手洗いの歌と清らかな水音が洗面所に響く。なんて満ち足りた風景。

わたしはこれを守りたい。だから目も耳も塞ぐ。夫がしたあんなことやこんなこと、弟さんのこと、あれも、それも、どれも、見ないふりをする。子供たちの歌声に交じって父の教えが繰り返される。

——女の子は小賢しくものを考えなくていい。

ああ、まるで仏さまの声のよう。

《作家》

今週中に次作の打ち合わせをというメールが何度もくる。時の流れに身を任せるのも限界にきている。しかしこれといったアイデアがいまだ浮かばない。

「央二、大丈夫か？」

座布団を折って枕にし、いつもの場所で寝転んでいると兄が声をかけてきた。目を開けると、正座で心配そうにこちらを覗き込んでいる兄がいた。

「なにが？」

「こんな本ばかり借りて、〆切のプレッシャーが相当きついんじゃないのか」

こんな本と兄が目をやったのは『日本の呪い事典』、『真言密教の歴史』、『呪いと信仰』、『仏の教え～心の平安を求めて～』すべて図書館から借りてきた本だ。

「小説は手伝ってやれないけど、話くらいなら聞けるから」

兄は真剣な顔をしている。いつも的外れで、そこがまた憎めない人だ。

「釈迦《しゃか》の蜘蛛《くも》の糸っぽいなにかは垂れてきてるんだけど」

「アイデアが湧いたってことか？」

「湧いたかもしれないような気がしてるけどどうかなあって感じ」

「……本当に大丈夫なの？」

「どうだろう」

心配顔から目を逸らし、なにもない宙を見つめた。窓から射し込む午後の光に、浮遊する埃がきらきらと光っている。その中に目には見えない物語の糸を探す。

「御札には正しい貼り方があるんだ。あれは間違ってた」

「え？」

「知らなかったのか。知っててわざと間違えたのか。わざとだとしたら理由はなんだ。間違えたのは誰か。貼った人か。貼れと言った人か。それとも無関係の誰かか」

頭の中に幾筋もの糸が垂れてくる。どれかは正解。どれも正解。あるいはどれも不正解。どれを引こう。身体を起こし、借りてきた本をぺらぺらとめくっていく。ぺらぺらぺらぺらひたすらぺらぺらぺら——すっと兄の手がページの合間に入ってきた。

「散歩に行こう」

いい提案だった。気分転換がてら電車に乗って隣市へと足を伸ばし、庭が有名な寺にお参りをした。白壁に囲まれた大きな寺で、敷地内に附属幼稚園がある。落葉した木立が簡素に美しく、静かな境内《けいだい》を散策していると頭の中が澄んでくる。

「おみくじ引いてくる」

兄が言った。

「正月に引いたのに?」

「あれは神社だった。ここはお寺だから別カウントでいいと思う」

今年の正月、俺は中吉で兄は凶だった。お正月に凶を入れるなんてひどいと兄は落ち込んでいた。去年、兄は災難続きだった。今年こそはと意気込んでいただけに気の毒だった。

「呪いを打ち消すためにもう一度引く」

神を仏で成敗するのってどうなんだろう——と思ったが口には出さず、兄につきあっておみくじを引いた。俺は中吉で変わらず。兄はと見れば。

「……大凶」

この世の終わりのような顔をしている。

「交換する？　俺はこういうの信じてないし」

「おみくじは自力で引かなくちゃ意味がないんだ」

「じゃあ他の寺に行ってもう一回引く？」

「もういい。どうか勘弁してくださいって絵馬《えま》を書いてくる」

力なくつぶやき、兄はふたたび寺務所へと歩いていった。しばらくそっとしておこうとひとりで石碑に彫られた由来などを読んでいると、向こうから二組の男女が歩いてきた。僧衣の男性がいるので寺の関係者だろう。

「じゃあ、そろそろ父さんも引退か。来年あたり晋山式《しんさんしき》かな」

「ぼくにはまだ荷が重い」

「檀家さんたちにも評判いいし大丈夫だって」

「評判がいいのはぼくじゃなくて奥さんのほうだよ」

「ごめん、兄さん。それは否定できない」

茶化した肯定に四人が笑う。晋山式とは住職が代替わりをするときに行われる式のことなので、僧衣の男がこの寺の跡継ぎ、もうひとりは弟か。それぞれ女性を伴っている。並んで歩く姿の収まりがいいので妻だろう。

「それに比べて、わたしったら」

弟の妻が溜息をついた。

「還暦祝いは出張で顔を出せないし、せめてプレゼントだけでもと思ってきたらお義父さんとお義母さんはお留守だし。ほんと間が悪すぎ」

「急な不幸じゃしかたない。誰も悪くない」

「そうよ。それにお仕事で忙しいのに、ちゃんとお祝いを持ってきてくれるんだから偉いわ。わたし、お勤めしてたころなんて日曜は疲れてぐったりだったもの」

肩を落とす弟の妻に、兄の妻が声をかける。

「ありがとう。ほのかさんがいつも庇ってくれるから救われるわ」

耳が引っかかった。例の御札を貼った女性の名前は青池ほのかといった。

「ほのかさんは檀家さんにも評判がいいってお義母さんがいつも褒めてるわ」

「兄さんみたいな朴念仁が、どうやってほのかさんみたいな人を捕まえたの」

「おまえは言いたい放題だな」

しかめっ面をする兄の横で、兄の妻が微笑《ほほえ》む。

「よくあるきっかけよ。そのとき好きだった人の恋愛相談に乗ってもらったの」

「兄さんが恋愛相談？」

「恋愛成就の御札も作ってくれて、がんばってくれたのよ」

「なのにその恋は実らず、結局は兄さんと結婚したのか。うちの寺の御利益にかかわりそうだから、それはあんまり言わないほうがいいな。檀家さんが減るかもしれない」

遠ざかっていく四人をちらりと振り返ると、兄夫婦のほうの夫が妻の腰に手を回していた。境内という場所、僧衣をまとった者の振る舞いとして違和感を覚えた。

「あれ、ほのかちゃん？」

兄が帰ってきた。視線が歩いていく四人へと向いている。

「やっぱりあの人が御札の人？　この寺の奥さんみたいだけど」

「へえ、お寺の奥さんかあ。しきたりやつきあいが大変そうだけど、昔からよく気がつく子だったから、きっとうまくやってるんだろうな」

兄は目を細めてうなずいている。隣で俺もうなずいた。

「そうか、なるほど」

なにが、という顔で兄がこちらを見る。

「ネタはあちこちに埋まってるものだなと」

灰色の冬空から幾本もの透明な糸が垂れている。これらの糸をより合わせて物語ができあがる。多分。おそらく。そうであってくれ。でないと無職になってしまう。

「アイデアがまとまったのか?」

兄が顔を明るくさせる。

「どんな話?」

「まだわからない。でも兄さんが出てくるよ」

「ぼくが? どんな役?」

「下宿の管理人」

「まんまじゃないか。せっかくだし、もっと見栄えのする役にしてほしい」

「わかった。努力する」

「うん、ぼくもがんばって大根の調理法を考える」

「まだ残ってるの?」

思わず訊いた。先日、兄が道の駅で大根を買ってきた。いくら安かったとはいえ三本も買ったのはどうかと思う。おかげで連日大根責めだ。鶏手羽と大根の煮物、みぞれ鍋、大根ステーキ、大根カレー、大根シチュー、大根サラダ、大根餅、各種漬物。

「あとは……天ぷらとか?」

「いいんじゃない」

「え?」

自分から提案したくせに兄は驚いた。

「大根の天ぷら、好きなのか？」

「食べたことがないからわからない。食べられればなんでもいい」

「ぼくは気が進まない」

「じゃあなんで言ったの？」

「なにも思いつかなくて」

わかる。俺も追い詰められるとトリッキーな展開に走ってしまい、担当編集者から「無理があります」と駄目出しをされる。自分から提案したのに「まあ、そうだろうな」と納得するし、逆にOKが出ると焦る羽目になる。

「お互いがんばろう」

兄が言い、無言でうなずき返したとき、びゅうっと二月の寒風に頬を切られた。ふたり並んで肩をすくめた次の瞬間、あ、と兄がつぶやいた。

「おでん！」

兄は天啓を受けたかのように冬空を見上げた。

「どうかな？」

「かなりいい」

「よし。スーパーに寄って帰ろう。昆布、こんにゃく、すじ、はんぺん」

兄は足取りも軽く歩いていく。置いていかれた気持ちになっていると、スマートフォンが震えて担当編集者からの催促メールを伝えた。もう猶予がない。

《編集者》

担当作家のプロットがやっときた。いつも遅れる人で今回も遅れた。これで売り上げもさっぱりなら縁も切れようものだが、大ヒットはしなくとも、そこそこ固定読者がついているので数字が読みやすく、毎回確実に利益を出してくれるのでありがたい。

ポケットからミントタブレットのケースを取り出して、白い粒を口に入れた。鼻腔《びこう》から脳へと爽快さが走り抜け、さてと添付のデータを開いたと同時にメールが届いた。別の担当作家から原稿が進まないという泣き言で、【一度お話ししましょう】と返信した。

気を取り直して添付データに集中した。今回は取り壊しの決まった建物の壁紙の下から現れた御札からはじまる物語のようだ。なかなか不穏な出だしに興味を惹かれたが、あらすじは冒頭だけで、あとは人物設定しか書いていない。

——そういえばこの人、いろいろ雑なタイプだったな。

作家には詳細にプロットを詰めるタイプと、本文を書きながら詰めていくタイプがいる。ついでにこの人は無口で、直接の打ち合わせでもあまり情報を得られない。つまりこの雑で詳細不明のプロットから物語の輪郭や方向性を捉えなくてはいけない。

《登場人物①》……御札が出てきた建物の管理人。

《登場人物②》……寺の附属幼稚園の園長。
《登場人物③》……御札を貼った女の子。
《登場人物④》……御札を制作した寺の坊主。

誰が主人公とは明記されていない。ぱっと思いつくのは、御札を軸に登場人物の狡《ずる》さが絡み合う連作短編だろうか。普通の人々によるイヤミスは人気ジャンルなのでいい。問題は、うちがライトノベルレーベルということだ。読者層とのミスマッチは否めない。

では連作短編ではなく、誰か主人公を据えての長編。暗いニュースが目立つ今の時代に、読者受けがいいほっこりハートフル系、もしくは感動号泣系でまとめてほしい。ああ、でもこの人はかなり殺伐《さつばつ》とした作風だった。

作家の持ち味とレーベルカラーを活かすなら、御札を作った坊主と御札を貼った女子をメインに据えた密教系サイキックアクションもの、もしくはオカルトミステリ。全体の雰囲気としては和風ダークファンタジーにまとめるのが王道か。本人は無口なのに小説になると蘊蓄《うんちく》が増える作風なので、密教ネタなんて嬉々として書きそうだ。

確か先日出た新刊がそんな内容だったとネット検索してみると、美人姉妹が殺し合いを繰り広げるダークなアクション復讐劇だった。しかも重版がかかっている。電子書籍が伸びてきて、紙書籍での重版が厳しい昨今に素晴らしい。この流れにぜひ乗りたい。

そのために、もうひと味なにか加えられないだろうか。ミントタブレットを二粒口に放り込み、腕組みで編集部の天井を見上げた。刊行予定月のラインナップがシリアスに偏っているので、一冊くらいキュン系がほしい。恋愛成就の御札なのだからやり過ぎない程度のラブ要素を……あの人にラブを求めるのは酷だろうか。重版どころか、せっかくついている固定読者が離れるかもしれない。

いや、あの人のファンは謎に熱いから大丈夫だろう。そこはファンを信じて、編集者としてはよい流れに乗り、新たなファン層を獲得するチャンスと捉えるべきではないか。ぼくも担当としてフォローしよう。よし、とスマートフォンを取り出した。

「もしもし、芥《あくた》さん、お世話になってます」

『どうも』

相変わらず素っ気ない人だ。

「プロット、大変楽しく拝読しました。密教系呪術を駆使して敵を調伏するお坊さんと、占い好きな霊感美少女コンビが立ち向かう和風ダークなオカルトホラーミステリアクション恋愛事件簿。とてもおもしろそうです」

最初の勢いが大事だと一息に言い切った。沈黙が漂う中、パソコン画面の端《はし》にメールを知らせるマークが出た。さきほどの原稿が進まない作家からで、【では今日!】と涙が滴るような一行が目に飛び込んできた。切羽詰まっているなあと思い、【遅くなってもいいですか?】と返した。

『そんな話だったかな』

送信したと同時、こちらの作家がつぶやいたので意識を戻した。

「ぼくはそのように受け止めました」

ふたたび言い切ると、さらなる深い沈黙が漂った。ここからだ。作家のやる気を削《そ》がないようにこちらの要望を伝える。編集者としての腕の見せどころだ。

『ふうん、じゃあその方向で書いてみます』

――いいのか？

腕を見せるまでもなく話がまとまってしまった。頑《がん》として編集からの提案を受け入れない作家も多く、それは書き手の個性にもつながるので介入のさじ加減には気を遣うのだが稀にこういう作家もいる。手間はかからないが、作家としてそれでいいのかと微妙な気持ちになる。同時にパワハラを仕掛けたような罪悪感にも襲われる。

「本当にいいんですか。無理はしないでくださいね。ラブですよ？」

『恋愛要素はちょっと入れようと思っていたので』

「えっ、芥さんが恋愛を？」

『なにか問題でも？』

「いいえ、ありません。やはり坊主と御札の女の子の？」

『いや、①と③で』

そういうところです、と内心で答えた。そういうふうに登場人物を番号呼びでコマのように扱う人が自発的に恋愛を書くというから驚いたんです、と。

「①と③というと、建物の管理人と御札を貼った女の子の組み合わせですか」

どう考えても坊主と御札の女の子の組み合わせのほうが盛り上がるだろう。それをなぜ管理人となのか。センスがない。しかしここまではほぼ譲ってもらっているので、ここでも否定するのははばかられる。

「管理人が実はすごい人という設定ですか？」

『普通のおじさんです。病弱で気も弱い』

「そんなおじさんのどこに御札の女の子は惹かれたんでしょうか」

『人の良さとか？』

「どうでしょう。ちょっと弱いかなあ」

言葉を濁したとき、連続してメールが届いた。一通はさっきの作家で【何時でも構いません】とある。ぼくは構いますと思いつつ【わかりました。では夜に】と返す。

もう一通は本のカバーを頼んだイラストレーターからのラフだった。データを開くと、ヒロインの制服のスカート丈が膝下になっていた。これは膝上にしてほしい。ぼく個人ではなく小説家側の意向だ。しかし売れっ子のイラストレーターなので言葉には気を遣う。まずは褒める。【素晴らしかったです。ラフの段階でありながら世界観がしっかりと伝わ

ってきました。現段階で充分なのですが——】

「ぼくはやはり順当に坊主を推します。御札の女の子とコンビを組んで事件解決の経過でラブが芽生える、という自然な展開で説得力も出ると思います」

芥さんに提案をしつつ、別の作家にメールを打つ。隣の席の編集者も打ち合わせの電話をしながら手元では色校正にチェックを入れている。ぼくたちはとにかく忙しい。

『そうですか。わかりました。兄から頼まれたんで努力したんですけど』

「お兄さん？」

『見栄えのいい役にしてくれと言われたんで』

なるほど。この無味乾燥な人にも家族愛はあるわけだ。そう考えると微笑ましい。というかこの人がプライベートなことを話すのは珍しい。

「お兄さんは設定どおりの方なんですか？」

『そうですね。実家の下宿屋で管理人をしてます。取り壊し中だけど』

「じゃあ御札の話も事実とか？」

冗談だったが、モデルはいますと返ってきて驚いた。

「御札の女の子も？」

『人物設定は想像ですけど』

「よかった。あんな子が周りにいたら怖い」

『いたりして』

「え？」

『みんな誰にも見せない顔がある』

返事に詰まり、ぼくは落ち着かない気分になった。

「ええ、そうかもしれません」

打ち合わせは滞りなく進み、通話を切ったあと、途中だったイラストレーターへの返事を書いた。充分に褒めたあと、あくまで提案ですがと修整を切り出す。

送信すると、もう次の打ち合わせが迫っていたので慌てて編集部を出た。駅へと向かいながら、今夜の算段をする。今から会う作家はとにかく酒好きで、時間に関係なく飲み、酔うと攻撃的になる。普段は温厚な人なだけにギャップに驚くし、正直こちらはかなり消耗する。けれど今夜はそこで力尽きるわけにはいかない。切羽詰まった作家がぼくからの連絡を待っている。こちらは泣き言の嵐だろう。

考えただけで疲れてしまう。今月に入って一度も妻と夕食を共にしていない。リビングの本棚に『損をしない離婚のススメ』という本を見つけた。わざとらしいアピールをするなよと、悲しみよりもしらけた気持ちが湧いた。妻にではなく、そんな自分自身に対してだ。

ふいに足が止まった。なんだろう。唐突に途方に暮れてしまった。待ち合わせの時間が迫っていて、ぼくはポケットからミントタブレットのケースを取り出した。

——みんな誰にも見せない顔がある。

そのとおりだと、白いミントの粒に紛れている青い錠剤を一粒口に入れた。半年前、友人からお遊びとしてもらったのがきっかけだった。こんなもの栄養ドリンクのちょっとすごい版だ、いつでもやめられるんだと雑踏の中で遠くを見た。三十分もすれば気分が高揚してくるだろう。さあ前に進もう。ぼくは一歩を踏み出した。

《夫》

朝のお勤めを終えて家に戻ると、母親と妻が朝食の支度をしていた。

「来月の三浦さんの法事だけど、そろそろ娘さんに段取りの連絡をしておいて」

「はい、お義母さん」

「娘さんが仕切るのは初めてだから、恥をかかないよう教えてあげて。さりげなくよ」

「わかりました、お義母さん」

「そうそう、いつも三浦さんが仕出しをお願いしてるとこ味が落ちたのよ。店を変えるなら相談にのりますって言っておいて。ああ、お店にも失礼にならないように」

「はい、お義母さん」

息子のぼくでも口うるささに閉口する母親なのに、妻はゆったりと聞いている。なにかと面倒の多い寺の嫁として日々立ち回り、幼い子供の育児と家事。気苦労も多いと思うのに、おっとりとした少女のような雰囲気は昔と変わらない。

彼女と出会ったのは大学生のときだ。他大学との交流という名目での苦手な飲み会に数合わせのためだけに呼ばれ、端で縮こまっていたぼくに彼女だけが話しかけてくれた。ぼくはひとめで恋に落ち、帰り道、彼女を尾けて住んでいるところを突き止めた。

少しでも彼女のことを知りたくて、大学、下宿先、ぼくは彼女を見つめ続け、同じように彼女に想いを寄せている連中に捕まりそうになった。なんて物騒な連中に囲まれているのだろう。ぼくは一刻も早く彼女を救い出すことに決めた。

飲み会でスピリチュアルに傾倒していると話していたので、知人を介してうちの寺の説法を聴きにくるように根回しをし、当日は彼女を意識して僧衣を着た。それが功を奏したのだろう、彼女はぼくに興味を抱き、自然と親しく話すことができた。ぼくが飲み会で出会ったさえない大学生だと彼女は気づかなかった。

当時、彼女は下宿先の管理人に片想いをしていた。ぼくは彼女の恋の相談に乗り、御札を作ってあげようと提案した。彼女は喜び、疑うことなく、ぼくが教えたとおり間違ったやり方で御札を貼り、知らずに好きな相手を呪った。現在、彼女の運命の輪は正しくぼくとつながれている。すべて仏のご加護だろう。ぼくは感謝と共に生きていた。

半年ほど前、弟が女性と歩いているのを見かけた。女性は附属幼稚園に勤めている先生で、ただならない雰囲気に動揺するぼくの隣で、彼女はゆったりと笑った。

「見なかったことにしましょう」

揺らぎのない笑みに、彼女はこのことを知っていたのだと悟った。さわさわと背中を撫《な》でられるような感覚の中で、ある疑惑が頭をもたげてくる。

もしや彼女は、ぼくが大学時代に彼女を尾け回していたことも、間違った御札の貼り方を教えたことも、すべて知っていたのではないだろうか。知った上でぼくと結婚したのではないだろうか。まさか。いいや、そうだ。ふたつの考えが入り混じる。

ぼくは呆《ほう》けたように彼女の横顔を見つめた。彼女はこんな顔だったろうか。自らの意思などないような、それゆえ安定している様子は恐ろしくも美しくもあった。

「あなた、ご飯ができたわよ」

朝の光の中で妻がぼくに微笑みかける。

あの日言ったとおり、彼女は弟の秘密について一言も口にしない。ぼくの罪も、弟の罪も、世にあふれる清も濁も、彼女の姿をした空《から》の器に飲み込まれ、そのうちぼく自身も飲み込まれていくのではないだろうか。すべてを包み込み、赦《ゆる》し、揺らがない。それは虚《うつ》ろであり、悟りでもあり、畏《おそ》れにも似た安堵を感じる。

ぼくが娶《めと》ったのは果たして、仏なのか鬼なのか——。

（了）

# 「これは運命ではない」

城《しろ》平《だいら》 京《きょう》

**城平　京**（しろだいら・きょう）

第8回鮎川哲也賞最終候補作『名探偵に薔薇を』でデビュー。その後、漫画原作者として『スパイラル ～推理の絆～』『ヴァンパイア十字界』『絶園のテンペスト』を連載。2011年に発表した『虚構推理 鋼人七瀬』で、第12回本格ミステリ大賞を受賞。同作は漫画化され、著者3作目のアニメ化。第二期放送も決定している。他の作品に『雨の日も神様と相撲を』など。

「それは単に、背中に羽の生えた全裸の子どもが辺りで矢を飛ばしてただけじゃないか？」

「全裸で矢を飛ばしてるって何ですか。キューピッドですか。そんなのがいれば危なくてすぐ捕まえられてますよ」

小山内《おさない》敦《あつし》は、何かの小説でそんな遣《や》り取りがなかったか、と感じながら桜川《さくらがわ》九郎《くろう》にそう返したが、相手は真面目な顔で続ける。

「なら運命的な出会いと気楽に受け取っておけばいいんじゃないか？」

「運命を気楽に受け取ったらだめでしょう。だいたい一度や二度なら偶然、もしかしたら運命かも、とも思えますよ。思わなくもありませんでしたよ。でも短期間に五度も続けば、それは何らかの意図のある人為的なものに違いありません」

敦はそうきっぱりと言った。もう一ヵ月以上このことを気に病んでいたのだ。安直な解釈で納得できるわけがない。

「だからなぜあの人は僕にそんな真似をしたのか、まるでわからないんです」

九郎は敦が本気なのを察しているのだろう、冗談に紛《まぎ》らすような発言はしたが、真摯《しんし》に向き合ってくれているのは感じられた。

「確かに現実に起こると、気味の悪さもあるな」

九郎は自身に当てはめて想像する風に額に指を当てる。

久しぶりに会った大学時代の後輩にこんな奇異な悩みを打ち明けられて九郎も困惑したろうが、敦としてもそういう九郎にしか話しづらい内容でもあった。

会社の先輩や身近な友人に話せば真剣に取り合ってもらえなかったり作り話と思われたり、本当の経験とわかってもらってもむしろうらやまれ、以後長くからかいの種にされたりする可能性もある。うかつに話せるものではなかった。

けれど大学を卒業してから二年近く交流がなく、ここで別れれば再び会う機会もそうない相手なら、打ち明けても以後の生活に影響はないだろう。また九郎なら適当に聞き流して小馬鹿にしないとの信頼もあった。

桜川九郎は同じ大学の一年先輩ではあるが学部は違い、サークル活動でも関わりはなかったので、学内での交流は少なかった。たまたま工事現場のアルバイト先で一緒になり、同じ大学なのを縁に話すようになって親しくなったのだ。

敦は学費を自身で稼ぐ必要があったので重労働であっても短期で大きく稼げるアルバイ

トを選んでいたのだが、九郎も似た境遇だったのか示し合わせていなくとも同じ所で働く機会が多く、高額のアルバイトを見つければ互いに教え合うようにもなった。

九郎は細身で背が高く、それなりに整った容姿をしているが影が薄いというか、あまり人の印象に残らない種類の男だった。性格も穏和で自己主張も乏《とぼ》しいのだが、どういうわけか周囲から一目置かれてしまう、不思議な雰囲気の人でもあった。

実際、工事現場の大柄で性格も荒っぽいタイプの作業員達が九郎にはどことなく丁重に接し、敦にしても九郎と親しいとわかると途端に扱いが変わったりといったことがあった。

特段腕っ節が強そうに見える人でもないのだが、

「あいつにだけはケンカを売るな」

とささやかれているのを聞いたことがあるし、アルバイトのひとりに過ぎない九郎に現場監督が、

「きみが来てくれて安心だ」

とわざわざ声をかけに来たのに出くわした経験もある。

またどれだけお祓《はら》いをしてもそこで作業をするとなぜか複数の負傷者が出るといういわくのある家の解体工事を九郎と一緒に手伝った時のことだ。アルバイト代がとてつもなく高くて飛びついたものの敦は現場に来て嫌な感覚に襲われ、これはいけない、と本能的に

逃げ出したくなったのだが、九郎が無造作にその敷地に入り、
「ああ、大丈夫かな」
と言うと途端に雲が晴れたみたいに嫌な感覚が消え、作業がまるで支障なくスムーズに進んだ、という経験もある。現場の責任者も驚いていたほどだ。

　その時はもしやそういう心霊やオカルトといったものを感じたり対抗する力でも持っている人かと本気で疑いかけたが、九郎自身が、別にここには祟《たた》りも呪いもなくてこういう現実的な理由で事故が起こりやすいと人から聞いた、ともっともな解釈を話したので皆で感心して終わった。

　そういう妙な頼もしさのある先輩で、周囲から相談事を持ちかけられることも多かったようである。そして敦が在学中に九郎は大学院に進み、敦は敦で就職活動を優先せざるをえなくなってアルバイト先で一緒になることも少なくなった。大学を卒業する時に挨拶はしたが、それ以後は疎遠になってしまっていたのだ。

　敦が就職して仕事に慣れるのに忙しかったのもあるが、九郎が結婚を約束して結納《ゆいのう》直前にあった女性に振られたという噂を聞いて声をかけづらくなった、という面もある。

　その九郎に、この九月の半《なか》ばの夕刻の公園でばったり遭遇したのだ。敦は取引先との打ち合わせを終え、休憩しようと缶コーヒーを手にして公園内で座れそうな所を探していると、同じく缶コーヒーを手にベンチに腰掛け、携帯電話で調べ物でもしているらしい人物

を目にし、すぐに九郎だと気づいて意識しないうちに声をかけていた。

現在敦が抱えている悩みを聞いてくれそうなのはこの人しかいないと、ついすがりついてしまったのかもしれない。

幸い九郎は長く音沙汰のなかった後輩を記憶していてくれた。いまだ大学院に籍を置いて就職をしていないと言い、相変わらず穏和な顔つきでネクタイなど不要なラフな服装をしていた。敦の方がスーツを着こなし会社組織に揉まれ、社会人としてより芯のある人間になっている気がしてちょっと優越感を覚えたが、しばらく話してみると学生時代と変わらずこの人には敵《かな》わない、そもそも見えている世界がまるで違うのではないか、といった気後れさえ感じさせられてしまった。敦が成長した分、いっそう九郎の異質さがわかってきたとも思えた。

やはり普通そうでいて妙な人だった。

九郎はこの公園で人と待ち合わせをしているらしく、敦が相談したいことがある、と切り出すと、相手が来るのにまだ間があるからそれまでなら構わない、と携帯電話をしまって時間を取ってくれた。

そしてベンチに並んで座り、ひと通り相談内容を聞いて最初のような感想を述べたのである。

そう言いたくなるのもわからないではない。

事の起こりは約二ヵ月前、七月の初めだった。夏に入ってはいたがまだ暑さは本格的になっておらず、上着を羽織《はお》っていてもどうにか苦にならない頃だった。

敦はとある食品会社に就職して二年目、ようやく仕事のやり方がわかってきたが社外の人と会うとなればまだ上司とともに行動することが多かった。その日も昼から新しく担当になる取引先との初顔合わせに行く予定だったのだが、その前の仕事を片付けるのに手間取り、さらに列車のトラブルもあって、外回りに出ている上司との待ち合わせ場所に行くのに遅刻しそうになっていた。

昼食を摂《と》る時間もなく、駅の売店で買ったゼリー飲料を口にくわえながら歩道を走っていると、同様に走っていたのであろう女性と曲がり角でまともにぶつかり、お互い地面に転がってしまった。女性の持っていた鞄が数メートル先に落ち、敦もゼリー飲料を口から飛ばしてしまう勢いだった。

敦が身を起こすと女性も同じ動作をするところで、転んだ拍子にかスカートがたくし上がり、下着が見えそうになっていた。

敦はすぐにそこから目を逸らしたが、視線は感じられたのだろう、女性はすぐにスカートを直し、

「どこを見てた？」

と言いながら敦の胸元を殴りつけた。思わずうめいてよろけるくらいの強さだった。

「不可抗力だ、そもそもぶつかったのだって」

そちらにも非があるだろうと反論しかけたが、女性は有無を言わせずかぶせてきた。

「ならどこを見て走ってたの？」

女性の年齢は敦より若干だが上のようであり、仕事もできそうな雰囲気で、すっかり気《け》圧《お》されてしまった。女性はそれで格付けは済んだとばかり踵《きびす》を返すと鞄を拾い上げながらさっさと走り去ってしまった。

敦にも非があったにしろそこまでされなくともと追いかけて言い返したくはあったが上司との待ち合わせに遅れるわけにもいかず、ゼリー飲料を拾って駆け出さざるをえなかった。

そしてどうにか上司と合流して約束の時間に取引先に行けたのだが、先方の担当者として紹介された二人のうち、ひとりが先程ぶつかった女性だった。

敦は驚いてつい、

「さっき殴ってきた」

と呟《つぶや》いてしまい、女性は女性でそれが聞こえたのかかなり腹立たしげに、

「あ、あれはそちらも悪いんじゃない」

と小さく返してきた。多少言葉がつかえたのは、殴るのはやり過ぎだったという自覚があったせいかもしれない。それでも一悶着《ひともんちゃく》起こりかねなかったが、お互い社会人であ

り、その女性は相手方の上役でもあったため、敦の立場でそれ以上何かできるものではなかった。

名刺交換で女性の名前が美村景子《みむらけいこ》といい、敦より二つ上の年齢だともわかった。これから付き合いを持つ仕事先の上役としては最悪の出会い方と言えた。一方で取引する立場としては敦の社の方が上になるので、彼女の方でもかなり気まずい様子は見受けられた。

そしてその週末、敦が映画館に行って席に着き、上映を待っていると、どういう巡り合わせか景子が隣の席にやってきた。彼女もそこに敦の姿を認めてか目を見開いたが全席指定であり、上映時間も間近であり、席をわざわざ変えるというのも先々気まずさを増しそうであり、互いに目礼だけしてそのまま映画を見ることとなった。

映画の上映終了後、周囲が明るくなって席を立とうとする前につい敦が、

「これは原作の方が良かったな」

と独り言をこぼしたのがまずかったらしい。素早く席を離れようとしていた景子がわざわざ足を止め、

「映画の方が原作よりずっと良かったでしょう」

と鋭利に上から言ってきた。結局それから原作と映画のどちらが優れているかの論争になり、どうやら彼女は映画の監督に思い入れがあったらしく、原作を評価して映画に来た敦とは重視するポイントに違いが大きかった。

映画館を出てからも一時間以上、映画と原作の感想を戦わせた後、折り合いはつかなかったが、これについてはお互い仕事に持ち込まないことにしよう、という点だけは合意して別れた。

その翌週、敦が仕事帰りに大型書店に入ってとある新刊を手に取ろうとしたら同じ本を取ろうとしたらしい人と手が当たった。相手を見たら景子だった。景子も敦を認めたらしいが、本に伸ばしていた手を肩の高さくらいまで上げ、

「それではお先に」

と何も訊くなと言わんばかりの迫力で告げると、その新刊を取り直して素早くそのフロアから立ち去った。

さらに五日後、敦が坂道を歩いていると前からオレンジがひとつ足元に転がって来た。そういえば自然食品を扱っている店が上にあったな、と思いながらオレンジをつかんで視線を上げると、紙袋を抱えて慌てた様子の景子が坂を下って来た。

オレンジを握っている敦に景子はかなり驚いた反応を見せたが、敦はなるべく平静を心掛け、

「上の自然食品の店ですか？」

と言いながらオレンジを差しだした。景子は肯いて受け取り、

「ええ、ちょっと頼まれて」

とこちらも先程の反応などなかったごとき平静さで返した。しかしそこまでで敦は次にどう話したものか思いつかず、景子も沈黙のまま上り坂を背に立っていて、いったいどれだけの時間が過ぎたのか、景子の方が、

「じゃあ、急いでいるから」

とオレンジを紙袋に入れて坂を駆け上がっていった。

そして次の週、仕事帰りにコンビニエンスストアに寄り、棚にひとつだけあった冷やし中華を取ろうとしたら同様に伸ばされたらしい手と重なった。嫌な予感がして手の持ち主を見ると景子だった。なぜか景子も浮かない顔をしており、

「これは譲ってあげる」

とすぐに引き下がった。その後、どうにか当たり障りのない会話を行い、敦は関わり合いを避けるべく早急に会計を済ますとコンビニエンスストアを後にした。

出来事としてはこれだけである。そこから今日まで、景子との思いがけないと表現できる接触や遭遇はぴたりとなくなっていた。景子の社との連絡や打ち合わせは敦の立場であると彼女の部下とする場合が多く、顔を合わせたりメールで遣り取りすることは今のところ少ない。ただこれから先は仕事上、その回数が増えるだろう。

どうということがないと言えばどうということのない出来事の連続である。考え過ぎと言われれば考え過ぎなのかもしれない。しかしである。

「ほら、やっぱりこんな恋愛ドラマや映画でありそうな出来事が連続するっておかしいですよね？」

敦は九郎が同じ感覚を共有してくれているのを再度確認しないではいられなかった。

これらはラブ・コメディー、またはロマンティック・コメディーと呼ばれる恋愛を主題にした物語で、主人公の男女の出会いや関係の進展にいかにもありそうな出来事ばかりなのである。

九郎は肯いた。

「実際にドラマとかでちゃんと見た記憶はないが、そういうのを連想させる出来事ばかりではある。特に学校に遅刻しそうになってパンをくわえて走っていたら曲がり角で異性とぶつかる、という状況は漫画なんかではある種の定番というか、いわゆる『ラブコメ』というジャンルを表す記号といった扱いをされているんじゃないかな」

「ええ、僕の場合はパンではありませんでしたけど、ほぼ同じですね」

「映画館で偶然隣の席になってその感想の違いで口論になる、というのもありそうだな」

「はい。原作がどうのというので争うのもありそうです」

「書店で同じ本を取ろうとして、というのも古典的な形式か」

「実際に起こるとあまりに嘘っぽくて呆然としますよ」

「坂道でオレンジは海外ドラマなんかに出典がありそうだな」

「はい。古いドラマでやってそうです」

「コンビニで冷やし中華は書店の変化形か。早くも同じパターンで来てるな」

「ええ、偶然や運命なら五回目くらいで似たものは起きないでしょう？　これなんかも人為的に起こしている証拠にも思えるんです。いかにも他に実現可能なアイディアがなくてやむをえずやったみたいな」

偶然を装って人為的に起こせそうな状況というのはどうしても限られてくる。人知を越えた力が働いているならそういう制限もないはずだ。無論、絶対とは言い切れないが、運命とすれば少々安っぽく感じてくる。

「もう一ヵ月以上同じようなことは起こっていませんし、仕事にも身の回りにも別段変化はありませんから、気にしなければ済む話なんでしょうけど」

五回目のコンビニエンスストアの件の後しばらく、敦は周囲に景子がいないか常に警戒していたが、今はさすがにそれほど神経質にはなっていない。かといって明日にもまた発生するかもしれず、一抹の不安は残っている。

九郎はいたわるように点頭した。

「何か仕掛けられたらしいが正体がわからない、というのは落ち着かないだろうな」

「それに当事者の僕としてはそうでも、話だけ聞くとかなり真剣味がないと言いますか」

「そうだな。コメディー寄りの恋愛ドラマみたいな出来事が次々起こって気味が悪い、という悩みは親身になってもらいにくいな」

「ええ、だから桜川さんくらいしかちゃんと聞いてくれそうになくて」

敦は大きく息をつき、恥を忍んで続ける。

「正直なところを言えば、打ち合わせの席に美村さんがいた時は驚きましたけど、後になってみるとまるでドラマの一場面みたいだってちょっと興奮はしたんです。まさに運命的な出会いだな、と。その、美村さんってけっこう好みの女性だったりもして。少し年上で仕事ができそうな人って格好いいでしょう?」

「ああ、年上はいいな」

九郎の理解が深くて助かる。

「でも本当に恋愛に発展するとまでは期待しませんよ? そんな経験ができたってだけで満足してましたし、美村さんとは今後仕事の付き合いがあるわけですから、そういう解釈をして悪い感情を抱かないようにしよう、という気持ちもありましたし」

全く期待しなかったわけではないが、夢見がちでもなかった。

「二度目の映画館の時も意識はしなかったんですけど、こういうのをきっかけに関係が進展していくのも恋愛物のパターンだな、とやっぱり後で思いました。映画に関して意見は合いませんでしたけど、一時間以上遠慮なく話せるなら相性が悪いわけもないですし、嫌な気分になったわけでもありませんでしたし」

「その後、仕事を通して何度も顔を合わせるようになれば、小山内の方から食事とかに誘う展開も考えられた？」

「それらしい流れではありましたから、おそらく」

景子に対する疑いはその時点ではなかったし、最悪とも言えた出会い方も解釈を変えれば最良のものとなる。九郎の示唆した未来は十分にあった。

「でもさすがに書店からは怪しみだしましたよ。それこそ作為がないと普通起こりそうにありませんし、三回目となれば疑わない方がどうかしてます」

「その美村さんが小山内に気があって、そういう不器用なアプローチをしているとは考えなかったのか？」

「僕に気があるなら手が当たった後、逃げるみたいに去らないでしょう。そこから本の話題にするとか、関係を深める方向に持っていきますよ。だったら僕もまだ怪しみはしません」

「映画館では遠慮なく話しているから逃げるのは不自然だな。まるでそういう出会いだけを演出したかったようにも取れる」

「はい。四度目からはちょっと怖くなりました。あの人、僕の行動パターンをあらかじめ調べて事を起こしているとしか思えなくなって。坂の上から僕の方へわざとオレンジを転がしたんじゃないかと。そうすると最初の二つも偶然ではなく計画的と思えてきます」

いささか妄想的だと敦も感じてはいたが、そんな危惧をしてしまうくらい不可解な連続なのだ。

九郎は笑い飛ばしたりはせず、合理的な見解で応じてくれる。

「映画館は小山内が座った席を確認してから隣の席を押さえれば可能だな。だが原作の論争になったのは小山内の一言がきっかけだろう？」

「僕がもらした一言をうまく利用しただけで、それがなければあの人の方から僕と会話するきっかけを作ったんじゃないんですか」

「そうだな。つまずいたふりをして小山内に倒れかかり、その時に胸を触ったとかどうとか口論になる形式もある」

「そちらの方がラブコメ的ですね」

隣の席に着いた段階でどうとでも展開を作れたのである。

九郎は検証をさらに進めた。

「だが最初の衝突の後で再会するのを人為的にやるのは難しいだろう。小山内が顔合わせに来るのはあらかじめ知れたかもしれない。だが小山内が待ち合わせ先に向かって駅から走っていたのは列車のトラブルのせいもあり、制御の難しい偶然だ。そこを測ってぶつかる計画は無理がないか？」

「でも僕があの駅を利用して待ち合わせ場所に行くのさえ知っていれば、待ち伏せは可能です。たまたま僕は遅刻しそうで走っていましたけど、普通に歩いていても曲がり角でぶつかって倒れ、口論になる、という同様の状況は作れますよ」

敦が歩いていても景子が走ってぶつかれば互いが倒れる状況は生まれるだろう。人の手が入る余地はある。九郎もその説明に納得を示した。

「遅刻のおかげでよりそれらしくなっただけで、同じ効果の出来事は起こせたか」

本当にそこまで計画するのは手間も労力も尋常ではなさそうにも思える。けれどぶつかった後に再会という演出をやろうと決めてその条件や材料を揃える、というなら難しいが、あらかじめ揃っている条件や材料から何ができるかを考え、その演出がちょうどやりやすいものだった、というケースなら労力はかなり少なかったかもしれない。

「考え過ぎなのは承知してます。ひとつひとつを取れば別に超常現象でもありませんし、日常で起こりえるものです。けれどそれらがこうも連続する確率はもはや日常ではないでしょう?」

九郎は目を細め、静かに肯いた。

「そうだな。コインを投げて表が百回連続出れば、コインに細工があるのを最初に疑うのが正しい。偶然どころか自分のための運命と捉えるのは健全な発想と言えない」

過ぎたるは及ばざるがごとしではないが、敦も同感だ。まともな感覚ならありえない偶然の重なりに運命を見るよりは、懐疑的になるのではないか。

「なら桜川さんは、この一連の行為にどんな意図があると思います？」

悩みを聞き、それに共感してもらえただけでも敦は少し気が楽になっていたが、この人ならもしかして合理的な解釈を導き出せるのではないかと問うてみる。

九郎は何事か迷うように敦の方を向き、なぜか敦ではなくその後ろ辺りをじっと見つめていたが、おもむろにため息をついて頭をかいた。

「こういうのは僕の彼女と言えなくもない女性が説明をつけるのが得意なんだが」

表現は遠回しであるが、九郎には現在恋人がいるらしい。結婚を約束した相手に振られたという噂は気掛かりだったが、ならば近況は悪いものでもないのだろう。

ただその女性とは微妙な力関係にあるのか、渋い表情で続ける。

「あれをまたわずらわせると後で面倒だから、僕だけで何とかするか」

「何とかできるんですか？」

「当たっているかどうか確証はないが、ひとつ合理的な解釈はある」

「え、どういうのです？」

こちらから尋ねはしたが、敦がさんざん考え、納得のいく答えが見つからなかったのに、ひと通りの話を聞いただけでこんなあっさり答えを出せるものだろうか。

九郎は苦笑で告げる。

「単純なことだ。まさに小山内にそう思わせるため、美村さんは人為的と取れる出会いを連続させたんじゃないか?」

敦は論旨《ろんし》をとっさに理解できなかった。九郎は空になった缶コーヒーをベンチに置き、こちらの目を見た。

「言っていたろう。一度や二度なら運命とも思える、けれど五度も続けば人為的なものだと。彼女はそうやって最初の二度の出会いまでも『これは運命ではない』と小山内に思わせようとしたんだ」

まだ理解の追いつかない敦に九郎は説明を続けていた。

「後半三つの接触は、小山内の姿を見かけさえすれば即興での実行がたやすいものだ。何もあらかじめ行動パターンを調べていなくとも、もともと小山内と美村さんの生活時間や行動範囲が近ければ、二週間の内に数度くらい偶然見かけることもあるだろう。住んでいる場所が十キロ以上離れていても、よく行く地域や映画館、立ち寄る書店にコンビニエンスストアが重なるのに奇跡は必要としないよ」

敦は冷静に検証してみる。就業時間や休みがさほど変わりなく、趣味嗜好も近ければ、以前から似た時間と場所で動いていた可能性はあるかもしれない。

「でも僕は就職して今の場所で暮らし始めてから、あの人をこれまで街中で見かけた覚えはありませんよ？」

「よほど周囲を気にして行動しているか興味がないと、面識もない女性とすれ違ったり一緒の空間にいたりしても、その相手は記憶に残るものじゃないだろう。けれど仕事で面識ができた。なら街中でこれまで見過ごしていた人物を認識できるようにもなる。彼女はそうして小山内を普段の暮らしで見つけられるようになり、それを利用してわざとらしい出会いを演出し、すぐに離れてみせた。小山内の疑いを増幅させるために」

理屈はわかるが今ひとつ腑に落ちず、敦は黙って九郎の説明に耳を傾ける。

「最初二つの出会いを意図的に行おうとすれば後の三つに比べ相当な準備が必要だ。ならそれらは計画的ではなく、純粋に偶然起こったとする方がむしろ自然だろう。まさに運命的な出会いだった。二度くらいなら起こりえるんだろう？」

「ええ、まだ許容範囲ですが、でもどうしてそれを人為的と思わせる必要が」

「だから小山内がその二つの出会いに運命を感じ、美村さんに強い好意を抱いて何か働きかけてこないようにするためだよ。実際小山内は最初の二つだけなら彼女と仕事だけでなく、個人的な関係を持ちたくなっていたんだろう？」

「それは、まあ」

ついさっき口にしているから認めるしかない。けれどやはりすっきりとは呑み込めない。

「つまり僕が勘違いして距離を詰めてこないよう、あの人はわざわざそんな婉曲《えんきょく》で手間のかかる方法を取ったと？」

「そう」

「いや、ありえないでしょう。僕を避けたいなら誘われても普通に断ればいいだけです。仕事関係を損ねずにやんわり断る方法はいくらでもあるでしょう。それでもしつこく迫られれば多少は手間のかかる方法で避けようとも考えるでしょうが、まだ僕は何もしてないんですよ？」

「だから小山内から何かしてこられたら断る自信がなかったんじゃないか？　美村さんの方でも小山内が好みの異性で、強く惹かれるものがあって、その出会い方に運命を感じてしまっていたから」

景子の方でも敦に惹かれてくれているなんてあまりに夢見がちな展開は考えていなかった。だが全くありえなくはない。とはいえ九郎の指摘にはまだ無理がある。

「だとしたら僕を避けなくともいいじゃないですか。両想いになるわけで、運命的に結ばれて何の問題が」

「そんな運命に安易に乗ったらだめな立場というのがあるだろう。例えば彼女が既婚者ならどうだ。小山内に惹かれて結ばれる流れになれば大きな犠牲を出してしまいかねない。取引先の会社の年下の青年と不倫の上に離婚だ。夫婦関係の破綻となれば親類縁者、友人との関係にも影響し、社会的にも後ろ指を差されかねない。会社にも居づらくなるだろう。未婚であっても結婚を約束した相手がいれば、まともな社会人ならそれによって生じるリスクが頭をよぎる。恐れを持たないわけにはいかない」

敦は冷水を浴びせられた気がした。実際に結納直前の相手に振られた経験のあるらしい九郎の表情から、その犠牲やリスクの重みが察せられる。

景子は結婚指輪をしていたろうか。思い出せない。たとえ結婚していても金属アレルギーで指輪をしていないとか、仕事の時はつけない主義というのもあるが。

九郎の口調に淀《よど》みはなかった。

「その出会いが本当に運命で、真の幸せにつながるなら大きなリスクも取れる。けれどそんな保証はない。全ては単なる偶然に過ぎず、運命なんて錯覚に過ぎないかもしれないんだ。一方で美村さんにとって小山内はあまりに好みに合い、話しやすく、惹かれないではいられない。それを本当の運命と思いたくなってくる。運命だから浮気をしても構わない、許されるという言い訳が正しく見えてくる」

ありえる心理だった。運命なんていうのは所詮後付けの理屈であり、思い込みと大差ないとも見える。にもかかわらずその言葉は古くから魅力を持っている。信じたくなる魅力を感じないではいられない響きを持っている。

九郎は淡々と言う。

「美村さんとしては自分から小山内に近づき、現状を台無しにしかねない選択をするほどの勇気はなかった。そこまでは運命を信じられなかった。けれどももし小山内の方から積極的にこられれば抗《あらが》う自信はなかった。自分が惹かれているのと同じに小山内も惹かれている。劇的な出会いで両想いだ、まさに運命的だ。魅力的な状況になってしまう。だから小山内が積極的にならないよう、小山内から運命を否定してくれるよう、運命的な出会いが人為的なものに映る工作を行った」

筋は通っている。それでも敦は一点だけ齟齬《そご》があると感じた。

「待って下さい。もし僕がその出会いの連続を気味悪がらず、逆にその連続こそが運命の証だとさらに信じてあの人に迫る場合もあるでしょう？　かえって藪蛇《やぶへび》では？」

九郎はこれにもちゃんと答えを用意していた。

「そんな異常な連続に本気で運命を感じる男はかなりおかしいし、馬鹿に見えないか？　それも出会いの半分以上が美村さんの工作だ。自分の策に踊らされている男だぞ、ますます馬鹿に見えるだろう。そうなれば美村さんも小山内への好意も薄れ、運命らしきものに流されず、その誘いを簡単に断れる気持ちになれそうじゃないか？」

ぐうの音も出なかった。確かにそういう男を目にすれば頭も冷えそうだ。

「それでもまだ迫ってくるなら、小山内の上司にあなたの部下に付きまとわれて困っている、と告げれば担当を外せるだろうし、いくらでも遠ざけられる。小山内としてもかなり厳しくなるな。恋愛ドラマみたいな展開が連続したので運命と思って取引先の女性につきまとったら冷たくされたのは納得いかない、という釈明はかなりまずいだろう」

「ええ、かなりまずいですね」

解雇されるまではいかなくとも自主的に退職せざるをえなくなりそうだ。ラブ・コメディーみたいな浮かれた展開の連続から、どうして破滅的な流れに向かうのか。あれにはそんな容赦ない罠の側面があったのか。

頭を抱えたくなった敦に、九郎はからりと笑ってみせる。

「そう深刻になるな。筋は通っていてもこれが真実という保証はない。あくまで小山内が納得できそうな説明というだけだ。真実は本当に奇跡的な偶然の重なりというだけで、無意味な日常の一コマかもしれない。コインだって何度も投げていれば、十回連続で表が出ることだって稀じゃないんだ」

それから九郎は少しあらたまった調子になった。

「ただし単なる偶然なら、小山内にとってまたまずいことがあるかもしれないが」

「またって何です？」

他にどんな悪い要素があるのかと敦はうんざりしてきたが、おとなしく聞いてはみる。

「その美村さんが小山内と同じ疑いを抱いて、なぜあの青年は自分にこんな運命的な出会いみたいなことを意図的に仕掛けたのだろう、と悩んでいるかもしれない」

「いや、それはないでしょう。一連の出来事はほぼあちらから働きかけてるんですよ。僕の方からやってるなんて疑えませんよ」

敦は顔の前で手を振ってみせたが、九郎は首をかしげる。

「そうか？　書店とコンビニでの手の接触は、美村さんからすれば小山内の方からタイミングを合わせてやったとも取れる。最初の道での衝突と再会も小山内と同じにあらかじめ彼女の行動を把握して、といったうがった解釈をすれば、小山内が計画的に行ったという判断も可能だ。映画館も美村さんが指定した席を知った上で隣の席を取り、そこへ先に座っていたという推測も成り立つ。そして生じた口論のきっかけは小山内の方から作っている」

九郎はあっという間に犯人を景子から敦に仕立て直してみせた。確かに敦は同じ考え方で全てを景子の作為とした。逆でも成り立つのだ。

敦はつい焦って声を荒らげてしまう。

「でも坂道でのオレンジはあの人が落とさないと起こらないでしょう！」

「その時、小山内は美村さんとの劇的な接触を工作しようと彼女を尾行していたが、たまたまオレンジを落としてくれたのでそれをうまく利用した。こう考えて問題あるか？」

なかった。映画館の時、敦が呟かなければ景子の方から別のきっかけを作っていた、というのと同じ理屈だ。

ならば景子にとっては敦が疑惑の対象になってしまう。出会っても逃げるように去ったり、会話もそこそこに離れたりしたのは景子こそが敦を警戒していたがゆえにそうしていたとも取れるのではないか。

そんな不審を彼女から買っているかもしれないと思うと、敦は自分が何か仕掛けられていると感じていた時よりいっそう不安にかられた。

「なら僕は、どうすればいいんでしょう？」

わけがわからず、気温も下がってきた夕暮れというのに手の平にじっとりと汗をしみ出しながら尋ねた敦に、九郎は屈託なく告げる。

「あくまでそういう可能性もあるというだけだ。全ては仮説で、妄想や取り越し苦労かもしれない。推測には限界がある。一番なのは、早いうちにその美村さんとこの一連の出来事について腹を割って話してみることじゃないか？　せっかくだから僕の仮説を披露するといい、当たっていれば小山内が男らしく退《ひ》けば終わりになる」

「外れていれば？」

「全ては単なる偶然だったのか、と笑い合って済む話じゃないか？　ややこしい仮説をわざわざ考えて話してくれれば、彼女も小山内が裏工作で運命的な出会いを連続させたとも思わなくなるだろう。互いの疑惑も解消される」

景子に一連の出会いの奇異さについて正面から語るのは気恥ずかしいし、さらに九郎の仮説が外れていればまさに妄想をこじらせていたと明らかになっていっそう恥ずかしい。とはいえ万一でもありえる誤解をほどき、またとない機会を失わないで済むならば。悪い話ではない。全てが偶然ならば作為も障害も最初からない、景子との関係を好ましいものに発展させても問題ないと明らかになるのだ。

敦は心を決めた。深く息を吐き、背筋を伸ばす。

「次に会う時、あの人とちゃんと話してみます。仕事関係で来月くらいには顔を合わせるはずですから」

「そうだな。でも案外、明日にでも街中でばったり出くわしそうな気もするが」

敦は久しぶりに気楽に笑えた。

「さすがにそれはありませんよ。それも運命ですか？　そういうのを疑ってたとこでしょう。偶然起こるにしても、これまでの連続と合わせれば天文学的な確率の出来事になりませんか？」

すると九郎はその問い掛けにちょっと眉を寄せ、もっともらしく語る。

「運命でも偶然でもなく、別の必然があるかもしれないだろう。例えば劇的な恋愛に憧れながら不慮の死を遂げた人物の霊が、せめて自分ができなかった経験を他の者にさせてやろうと考え、最高に相性のいい男女に取り憑いて二人を結び合わせようとしたが、劇的な出会いにこだわってやり過ぎたあまり、逆効果になっただけとか」

「何ですかそれ。幽霊とか出したら何でもありでしょう」

こちらの気持ちを和らげようとする冗談だとわかりはするものの、キューピッドの方がこじつけとしてはまだましだろう。九郎に霊感があるのではと疑ったことはあるが、さすがにそんな迷惑な幽霊はリアリティがない。

苦笑する敦に、九郎もこれには失敗したかとばかりに肩をすくめる。

「そうだな。その霊が事態をうまく収拾してくれないかと話の途中で僕に頼み込んできていたなんてこともないだろうな」

そして九郎はベンチから立ち上がり、公園の反対側の歩道へと遠く目をやる。敦も座ったままそちらを見ると、小さな人影が歩いているのが認められた。少女だろうか。離れ過ぎていて年齢や格好まできちんと測れないが、小柄で、手に棒のようなものを持っているのはかろうじてわかった。今日はずっと晴れているので雨傘ではないだろう。日傘か。

九郎が少し微笑んだ。

「ああ、待ち合わせ相手が来たみたいだ。近くに来ているのにここでのんきに座ってたら後でステッキで撲《なぐ》られかねない。迎えに行くよ」

九郎はその遠い姿を待ち人と判別できたらしい。そしてその人物が手にしているのは日傘ではなくステッキというのもわかった。しかしそれで撲ってきかねない女性とはどんな相手だろう。九郎の新しい恋人なのだろうか。年上好みと聞いたのに、あの遠い姿にそんな雰囲気はないのだが。ならこの人は意外に女性運がないのかもしれない。

「あ、その、今日はありがとうございました。おかげで助かりました」

敦は九郎が歩き出しかけたので立ち上がって頭を下げる。事後報告やあらためての礼も必要になりそうなので連絡先を交換しようとしたが、九郎は手を上げて制した。

「大したことはしていないよ。まだ助かったかもわからないし。まあ、心配せずとも悪い結果にはならないだろうけど」

九郎はどこにそんな根拠があるのかそう受け合って、空缶を手に歩み去って行く。

運命はあるのか。天文学的な偶然が自分に訪れただけか。それともやはり人による企みなのか。答えはわからない。けれどどこうして大学時代の頼もしい先輩に出会い、思い悩んでいた謎が説明され、次にやるべきことが明確にされるというのもひとつの奇跡ではないだろうか。

ならその説明が真実を言い当てている奇跡もあるだろうし、逆に全てが偶然に過ぎない奇跡もあるだろう。

敦はネクタイを締め直し、もう一度九郎の歩み去った方を向いて目礼した後、反対方向へと歩き出した。九郎の言ったとおり、根拠はなくとも悪い選択にはならないだろうと思いながら。

(了)

木《き》元《もと》哉《かな》多《た》

「どっち？」

**木元哉多**（きもと・かなた）

埼玉県生まれ。『閻魔堂沙羅の推理奇譚』で第55回メフィスト賞を受賞しデビュー。新人離れした筆運びと巧みなストーリーテリングが武器。同シリーズは2020年にNHK総合よるドラ枠にて連続ドラマ化され、人気となる。

# 1

「もうやめよう、こんな関係」

別れ話を切りだした奎《けい》の言葉を、クリスティーンは冷静に聞いていた。

「こんな関係、よくない。君はまだ若いし、これから素敵な男性と出会って、結婚して……。そうするべきだし、それが普通なんだ。君と関係を持ったのは過《あやま》ちだった。僕たちは今、罪を犯しているんだ」

「…………」

「元の関係に戻ろう。僕にとって君は、妻の友人。君にとって僕は、友人の夫。その関係に」

「でも、私、これからどうしたらいいの？」

「どうしたらと言われても」

「私は今のままでいいわ。美嘉《みか》と別れてなんて、奎さんに要求するつもりもないし」

「よくないよ。子供も産まれるし。いつか絶対にバレてしまう」

クリスティーンはぽろぽろ泣きだした。

「私のこと、嫌いになった？」

「いや、そういうわけじゃないけど……」

「ねえ、一緒に逃げよう」

「逃げるって、どこへ？」

「どこか遠くへ。私、もう日本はいや。どこか遠くの海外に行って――」

「そんなの無理だよ。ろくに英語もしゃべれないのに、どうやって海外で生活するんだ」

クリスティーンはさらに泣きだした。

「そりゃあ俺だって、できればそうしたいけど……」

「美嘉のこと、愛してるの？」

「……愛してるよ、もちろん」

「嘘」

「嘘じゃないよ。子供だって産まれるし」

クリスティーンはテレビのリモコンを取って、奎に投げつけてきた。手で防御しようとしたが間に合わず、頬骨に当たった。癇癪《かんしゃく》はおさまらず、そこらにあるものを手当たり次第に投げてくる。やがて投げるものがなくなって、大人しくなった。

「だまされているのよ、奎さんは」

「は？」

「奎さんは何も知らないのよ。美嘉の本性を、何も……」

不倫の代償。いつか見たドラマのタイトルの意味を、奎は噛みしめていた。

梶浦《かじうら》クリスティーン。

父はイギリス人、母は日本人のハーフ。妻の美嘉とは、中学からの親友である。

複雑な心を持った女性だ。その複雑さは、彼女の成育環境から来ている。

クリスティーンが八歳のとき、両親が離婚した。問題は親権である。妹は当時、三歳だった。どういう話し合いが持たれたのかは知らない。ともかく母が姉の親権を持ち、父が妹の親権を持つことになった。クリスティーンは日本語しか話せず、日本の小学校に入っていたことも影響したかもしれない。

父は離婚とともにイギリスに帰り、妹も連れていった。以来、父と妹とは会っていない。

クリスティーンはこのとき、父に捨てられたという感覚を持った。そして母子家庭になり、生活水準が一気に下がるという転落体験をする。

小学校ではいじめにあった。ひと目でハーフと分かる顔立ちで、傘から見れば、きれいなほうだと思うが、本人はそばかすの多さと、欧米人的ながっちりした体格をコンプレックスに思っていたようだ。内気な性格で、まわりからどう見られているかを過度に気にするタイプである。クラスで『みにくいアヒルの子』状態になって、仲間に入れてもらえなかった。

そんな彼女の唯一の友だちが、中学校で知り合った美嘉だった。美嘉は姉御肌で、器が大きい。弱い者いじめが生理的に嫌いで、「いじめはやめろ」と堂々と言える度胸がある。いじめが中学でひどくならなかったのは、美嘉のおかげもあった。

ただ、対人恐怖症に近い精神状態になっており、美嘉以外に友だちはいなかった。通信制の高校に進んだのも、人間関係を嫌ってのことだ。社会人になってからも、人間関係でつまずいて仕事が長く続かない。とはいえ、当時は母と同居していたから、母に経済的に依存するかたちで、どうにかやっていた。

その母が三年前、ウイルス性肺炎で他界した。

そのとき彼女のなかで何かが壊れた。以来、仕事をやめて働かなくなった。

ただ、自宅は古いマンションの一室で、持ち家なので家賃はいらない。これは父がクリスティーンの養育費代わりに母に譲渡したものである。それに母の生命保険金が下りた。

今は多くの時間を趣味のテレビゲームに費やし、貯金をすりつぶして生活している。クリスティーンは、奎の目にはひきこもりに見えない。むしろおしゃべりで、笑顔も見せる。人によって態度が極端に変わるのだと思う。心を開いている人には人懐こくなり、そうでない人には対人恐怖症を発する。そして心を開くのは、奎と美嘉に対してだけだ。

魔がさしたとしか言いようがない。

一年前のことだ。クリスティーンの誕生日会を自宅で開いた。その日、休みだった奎がパーティーの準備をした。午後七時に開かれる予定で、その十分前にクリスティーンは来た。だが、美嘉は仕事でトラブルが起きたらしく、電話がかかってきて、帰宅は九時以降になると伝えられた。唐突に二人きりになった。

それまで女として意識したことはなかった。妻の友人にすぎず、少し性格的に難しい子だと思っていただけだ。美嘉を愛していたし、結婚生活に不満もなかった。クリスティーンが自分に好意を持っていることは気づいていた。だが、奎は元モデルである。女性から好意を持たれることは珍しくなく、特にどうとも思わなかった。その点では美嘉も安心していたと思う。

電話を切り、美嘉の帰りが遅れることを伝えた。先に食事しようと言った。

ワインを開けて、乾杯した。

クリスティーンはその日、薄着だった。豊かな乳房の谷間が、胸元からのぞいていた。

普段はしない化粧をしていた。唇は赤く、そばかすは薄くなっていた。甘い匂いの香水をつけていた。

美嘉と付き合ってから、七年が経つ。そのあいだ、美嘉以外の女性を抱いていなかった。

突然、スイッチが入ってしまったのだ。

クリスティーンを抱きよせ、キスしていた。彼女は抵抗しなかった。それどころか、奎の腰に腕を回してきた。勢いで彼女を抱きあげ、自分の寝室に連れていって、ベッドに押し倒した。

クリスティーンは処女だった。

彼女は人見知りで、対人恐怖症でもあるが、同時に寂しがり屋でもあった。自己嫌悪も強かった。将来への不安もあっただろう。母が死んでからは一人暮らしである。話し相手になるのは、美嘉と奎だけ。

男は奎だけである。

一度の過ちで終わらせるべきだった。

だが、その一週間後にクリスティーンから電話がかかってきた。

「会いたい、うちに来て」と。

耳たぶを舐めるような、艶めかしい声だった。

あの一回で性にめざめて、急に大胆になったような気がした。肉感のある生々しい女に変貌していた。その声だけで、股間が熱くなっていくのを感じた。

「本田《ほんだ》部長、判子お願いします」

「うん」

奎は、秘書から渡された十枚ほどの紙に、次々と判子を押していく。この判子押しが、広報部長である奎の主な仕事である。

二十代は男性モデルとして活躍した。売れてはいなかったが、食うには困らない程度の中堅モデルである。とはいえ、三十歳も近づくと、仕事は減っていった。トップモデルは俳優業やタレント業に転身するか、ファッション業界のコネを生かして実業に向かうが、奎にはどちらの才覚もなかった。

美嘉も元モデルである。二十五歳でモデルに見切りをつけ、アパレル業に転身した。会社を興し、モデル仲間を巻き込んでオリジナルブランドを立ちあげ、わずか五年で年商四十億円にまで成長させた。

モデル時代に付き合い、やがて結婚した。奎はなんとなく妻の会社に入った。実績も能力もないが、広報部長を務めている。

サラリーマン経験がないので、正直、何をしたらいいのかよく分からない。最初は会議で自分の意見を言っていたが、誰も聞いてくれないので（聞くに値しない内容だったのだろう）、そのうち言わなくなった。プライドはさほどないが、みずからボロを出して恥をかきたいとは思わない。社長の夫として社内で尊重されている。それでよしと納得して、いっさい口は出さず、部下が働きやすい環境を作ることだけに専心《せんしん》している。

判子を押し終えて、紙を秘書に返した。

「じゃあ、俺、帰るから」

「お疲れさまでした」

広報部で五時きっかりに帰宅するのは奎だけだ。

立場上、妻に従順な夫でいるしかない。奎はつねに妻を立ててきた。社長である妻をバックアップして、家事も全面的に負担してきた。

喧嘩《けんか》をしたこともない。美嘉は基本的に怒らない。問題が起きても、話しあって合理的に解決しようとする。気を配れる女性で、誰に対しても公平に接する。笑顔をたやさず、驕《おご》ったところがない。また、そうでなければ社長として成功しなかっただろう。

クリスティーンに対する態度もそうである。美嘉以外の誰が、クリスティーンのようなひきこもりの面倒を見ようとするだろう。

だが、もし夫が浮気したことを知ったら。ましてや自分の友人と。夫を許すだろうか。

美嘉は包容力もあるが、同時に決断力もある。結果を出せない部下を、恩情《おんじょう》もなく切り捨てたこともあった。社長になる以前は見たことがなかった美嘉の一面だったので、そのときは驚かされた。

不貞の夫を切り捨てる可能性はある。思いもよらず、あっさりと。

今の生活を失いたくない、と奎は思う。

まもなく子供も産まれる。一刻もはやく、不倫関係を清算する必要がある。

先日、別れ話を切りだしたのは、美嘉の出産が近づいていること以上に、クリスティーンにぞっとさせられることがあったからだ。

彼女が服をぬいで気づいた。左胸の乳房のやや上（心臓の近く）に、タトゥーが入っていた。羽の生えたキューピッドが描かれていて、ハートマークのなかに「I LOVE KEI」と、愛する男の名前が彫られていた。それを見た瞬間、すべてが萎えた。気分が悪くなったと嘘をついて、その日は抱かずに帰った。そして冷静になり、初めて自分を客観視できた。

自分は今、危険な沼に足を踏み入れている。あと二、三歩も進めば、底なし沼に引きずり込まれて、二度と戻ってこられなくなる。

クリスティーンにとっては、もう浮気ではない。初めての恋愛であり、初めての男なのだ。

前回は結論が出ず、うやむやなまま終わった。あれから一週間以上経っている。

あらためて話をする必要がある。

美嘉の出産予定日が、一ヵ月後に迫っている。今は産休を取り、神奈川県にある両親の住まいにいて、そっちで子供を産むつもりでいる。社長としての仕事は、メールやリモート会議で指示を出すだけだ。

奎は世田谷にある昨年購入したマイホームに一人、残っている。

車で自宅に戻った。

車を敷地《しきち》に入れ、鍵を開けて玄関から入った。自分の寝室に向かった。寝室は夫婦別である。

寝室のドアを開けた瞬間、恐ろしい光景が目に飛び込んできた。

クリスティーンが首を吊っていた。

なぜここで？　と最初に思った。

天井のシーリングファンに紐《ひも》が結びつけられている。おそらくベッドに上がり、紐の輪に首をかけて飛び降りたのだろう。

とっさに助けようと思って、クリスティーンの体に触れて気づいた。とっくに冷たい。

もう助からない。

茫然《ぼうぜん》と死体を見上げていた。

どうやって家に侵入したのだろうと思った。だが、寝室を見渡して、すぐに気づいた。窓が割れていて、ガラスの破片《はへん》が床に飛び散っている。

ふいに携帯が鳴った。美嘉からだった。一度深呼吸してから、電話に出た。

「あ、もしもし、奎さん？」美嘉の声である。

「ああ……、うん」

「今、どこ？」

「今？　えっと、自宅。仕事から帰ったところ」

妻の声を聞いて、ホッとしている自分に気づいた。

「ん、なにかあった？」と美嘉は言った。

「いや、何もないよ。なんで？」

「うん、なんとなく声が……。まあ、何もないならいいんだけど」

「それで、なに？」

「あのね、庭の車庫に屋根をつける工事が、来週の金曜になったから。朝の九時に業者が来て、一日かかるって。だからその日は出社を遅らせて、九時に迎えに出て。あとは勝手にやっといてくれるから」

「ああ、来週の金曜ね」

「あと、ハウスキーパーの中山《なかやま》さん、解約しといて」

「えっ、なんで？」

「丁寧じゃないのよ、あの人。洗面台を洗ったあと、細かい傷がついていたし。とりあえずハウスキーパーは当分いいわ。子供が産まれたあと、私がそっちに戻ったら、あらためて考えるから」

マイホームを購入したあと、週一でハウスキーパーを雇っていた。中山は四十代の主婦で、奎はむしろいい印象を持っていた。まあ、雇っているのは美嘉なので、あえて反論はしなかった。

「あとさ」美嘉の口調が少し変わる。「クリスティーンのことだけど」

「うん……、なに？」

「最近、あの子、様子がおかしいのよ。まあ、ずっとおかしいけどね。もう何年も働いていないし。それで貯金をすり減らして、ずっと家でゲームでしょ。そりゃ、おかしくはなるけどさ」

美嘉のため息が聞こえた。

「でも、本人は正常なつもりなのよ。人や社会との関わりがなくて、意識が内向きで殻《から》に閉じこもっているから、自分のズレに気づかないんだと思う。感情も不安定で、突然よく分からないことを言ったり、ひどいときには私を罵倒《ばとう》することもあるのよ」

「たとえば、どんな？」

「急に『陰で私の悪口を言ってんでしょ』とか被害妄想を言ったり、まるで自分がひきこもりになったのは私のせいみたいに言うこともあるし。『あんたなんか大嫌い』って怒鳴られたこともある」

クリスティーンが言いそうなことだった。奎にも『美嘉にいいようにされて、奎さんがかわいそう』と言ったことがある。

美嘉は面倒見がよく、クリスティーンを憐《あわ》れんで電話をかけたり、なるべく外に連れだそうとする。時にそれがお節介になり、厚かましいと感じられることがある。クリスティーンを「あの子」と呼ぶのも、どこか保護者のような意識があるからだ。

「喧嘩でもしたの？」

「いや、そういうことでもないんだけど。あの子、ああいう状態だからさ、うちの会社で雇うことも考えたけど、でも、正直ね、それをやったら社長としてダメかなって。使えない社員を友だちだからって雇ったら、他の社員に示しがつかないし」

暗に自分のことを言われている気がした。

「でも、心配は心配なのよ。あの子のお母さんが亡くなるまえに、娘をよろしくお願いしますって頼まれたし。それでね、今日、ずっとあの子に電話してるんだけど、電源が切れてて出ないのよ。なんか気になってね。三日前に電話したときも様子が変だったから」

「どんなふうに？」

「妙な間で黙り込んだり、やたらため息をついたり。だからさ、悪いんだけど、明日にでもあの子の部屋を見に行ってくれない？」

「俺が？」

「まあ、何もないと思うけど。ゲームに熱中してて、携帯のバッテリーが切れていることに気づいていないだけかもしれないし。ほら、あの子、ガラケーでしょ。あれ、バッテリーがすぐに切れちゃうのよ」

クリスティーンの携帯はガラケーで、電話とメールができるだけの古い機種だ。カメラ機能もなく、ネットにもつながらない。無職なので買いかえる必要もなく、十年以上使っている。バッテリーが劣化していて、フル充電しても一日もたない。

「あの子、私以外に友だちもいないし、天涯孤独《てんがいこどく》なのよ。あえて言うことでもないけど、彼氏がいたこともない。なんか落ち着かなくて」

「分かった。明日、行ってみる」

「あ、それともゴルフに行く予定でもあった？」

「いや、ないよ」

「奎さん、最近ゴルフ行ってないでしょ。誕生日にプレゼントしたゴルフバッグ、どうした？」

「一度も使ってない。物置に置きっぱなし」

「気晴《きば》らしに行ってきたら？」

「そうだね、そのうち」

「これから夕飯作るの？」

「うん」

「なに作るの？」

「寒くなってきたから、鍋でもしようかな」

「そう。じゃあ、また連絡するね」

「うん、じゃあ」

電話を切った。スマホをポケットにしまった。

目の前でクリスティーンが首を吊っている。だが、美嘉との電話で、頭は冷静になっていた。

どうするか？

普通なら、警察に通報する。知人が自殺したと。

問題はそのあと。この状況をどのように説明するか。なぜクリスティーンは自宅ではなく、よりによって奎の寝室で首を吊ったのか。

自殺の動機は、もちろん人生を悲観したからだ。母が亡くなり、自分はひきこもりから抜けだせない。漫然《まんぜん》と年を重ね、三十歳になった。貯金は減っていく。そして奎からの別れ話が引き金になった。

いわば当てつけなのだ。不倫して、自分の心と体を弄《もてあそ》んでおいて、妻が妊娠《にんしん》したとなると、あっさり別れを切りだしてきた奎への怒り。だからこの寝室で、初めて抱かれた部屋で、首を吊った。

クリスティーンは、美嘉が神奈川県の両親のところにいることを知っている。奎を死体の第一発見者にするつもりだったのだ。

不倫していたことを隠せるだろうか。

絶対に無理だ。警察が死体を検視して、胸の「I　LOVE　KEI」のタトゥーを見れば、奎とのあいだに何があったかは即座にバレる。

死体を動かして、クリスティーンのマンションに運び、自分の部屋で首を吊ったように見せかけるか。いや、なおさら無理だ。大がかりな作業になるうえに、死体を動かした形跡が残り、最悪、他殺を疑われる。不倫がバレるどころの話ではなくなる。

死体のタトゥーを焼いてしまうのはどうか。いや、これも論外。死後に焼いたことがすぐに判明するだろうし、死体損壊罪《そんかいざい》になる。

警察に通報したら、不倫はバレる。

それで奎は終わりだ。ただの浮気ではない。妻の友人に手を出したあげく、自殺させた。美嘉は許さないだろう。離婚されて、今の生活も仕事も失う。産まれてくる子供に会うことさえ許されない。

隠し通すことはできないだろうか。

クリスティーンの服やバッグを調べて、財布、キーホルダー、ガラケーなどの私物をデスクに並べていく。遺書はなかった。ガラケーは電源が入らないから、バッテリーが切れているのだろう。このガラケーにも不倫の証拠は残っている。「明日、うちに行っていい？」というようなメールを何度も送っている。

警察に通報すれば、不倫はバレる。そしてなにもかも失う。それならば、いっそ……。

死体を隠せばいい。自殺ではなく、行方不明に見せかけるのだ。

そして、それはたぶん可能だ。

## 2

――すべての作業が終わった。

早朝五時。車で帰宅して、リビングのソファーにへたり込んだ。

死体発見から十二時間が経っていた。

死体を隠す。そう決めて、腹をくってからはスムーズに進んだ。

まず吊られている死体を、紐を切って下ろした。ちょうど妻からプレゼントされたゴルフバッグがあった。特大サイズで、キャスター付き。死後硬直《しごこうちょく》がはじまっていたが、ひざを折って入れると、ぴったりおさまった。

それを車に載せて、千葉県のゴルフ場に向かった。その隣に、広大な雑木林がある。そこまで行って、懐中電灯を持って入っていき、スコップで穴を掘った。死体を埋め終えたのは、午前一時。

そのあとクリスティーンの自宅に向かった。少し離れたファミレスの駐車場に車を停めて、彼女のキーホルダーについていた自宅の鍵で入った。浮気をしに何度も来ているので、勝手は知っている。手袋をして、家具の引き出しを開けていく。

やはり遺書はなく、日記も手帳もなかった。クリスティーンはカメラを持っていない。顔のそばかすを気にしていたせいだろう、写真が嫌いだった。ネットにつながるものを持っていないから、SNSに書き込むこともない。家族も友人もいないので、誰かに話すこともない。部屋中をかたっぱしから捜索したが、奎との不倫を示すものは何も見つからなかった。

それで車で自宅に戻った。ソファーに倒れ込んで、そのまま眠った。

翌日、業者に電話して、寝室の割れた窓ガラスを替えてもらった。夕方、美嘉に電話した。クリスティーンの部屋に行ったけど、玄関のチャイムを鳴らしても出てこなかった。窓のカーテンは閉まっていて、明かりもついていなかったと伝えた。

美嘉は沈黙していた。「トラブルに巻き込まれたんじゃないならいいけど」とだけ言って、電話を切った。

三日後、会社に一本の電話がかかってきた。

広報部の秘書が言った。「本田部長、梶浦クリスティーンさんの妹のハナさんという方から電話が来ていますが、ご存じですか？」

「妹？」

正確には、美嘉宛てにかかってきたという。だが、美嘉は産休中である。夫ならいると答えると、つないでほしいと言ったそうだ。ロンドンから国際電話をかけている。ただしハナは日本語ができないので、実際に話しているのは通訳の女性だ。

「分かった。つないで」

部長席の受話器を取ると、若い女性の声が聞こえた。

「もしもし、私は河田《かわた》ユウコといいます。ハナの通訳でかけています」

ハナの友人で、ロンドン在住の日本人だという。

「ハナが言うには、日本にいる姉のクリスティーンさんと連絡が取れなくなって困っているということです。どこに行ったか、知りませんか？」

姉と連絡が取れなくなり、以前にアパレル会社の社長と友だちと言っていたのを思い出し、会社の電話番号を調べたのだそうだ。

「いや……、実は僕たちも、クリスティーンの行方が分からなくて……、その、探していて……、ええ、妻も心配していたところで」

思わぬ方向から来たので、しどろもどろになってしまった。警察から連絡が来ることは考えていたが、まさかロンドンとは思わなかった。

クリスティーンは、妹と連絡を取りあっていたらしい。初耳だった。イギリス在住の父と妹がいることは美嘉から聞いていた。だが、クリスティーンの口から家族の話が出たことは一度もなかった。

隣にハナがいるのだろう。ハナと河田が英語で話している声が聞こえた。

河田は言った。「すみません。国際電話で高くついちゃうんで、用件だけ言いますね。今から私とハナで日本に行くので、会ってくれませんか？　美嘉さんも一緒に。ハナが聞きたいことがあるそうなので」

「ああ……、大丈夫だと思うけど」

「ありがとうございます。じゃあ、連絡先を教えてください。明後日には日本に着くと思うので——」

ハナと河田は、二日後に来日した。

自宅の住所を教えて、二人に来てもらった。美嘉にも連絡した。お腹がだいぶ大きくなっていたが、タクシーに乗って自宅に戻ってきた。

美嘉と一緒に迎え入れた。

ハナの顔は、クリスティーンと少し似ていた。しかし同じハーフでも、姉はより欧米人的なのに対して、妹はより日本人的である。そばかすもなく、体型もスリムで、美人だった。

ハナはロンドンの大学を卒業している。半分血が流れている日本に興味があり、日本文学の講座を取っていて、そこで河田と知り合った。河田はいかにも海外留学しそうな外向的な女性である。表情豊かで、誰とでも仲よくなれそうな性格をしている。

河田は言った。

「ハナによると、姉のクリスティーンさんとは、両親が離婚して以来、一度も会っていないそうです。父とロンドンに移住したのが三歳で、日本にいた記憶も、母や姉の記憶もありません。父がのちに再婚した女性を、ずっと本当の母だと思っていました。十二歳のとき、初めて本当の母は日本人で、だからハナという日本人風の名前がついているのだと伯母から聞かされました。

ですが三年前に、突然、姉から手紙が来ました。中学レベルのつたない英語で、母が死んだと書いてありました。でもハナは日本に帰りませんでした。記憶もない、音信不通の母でしたから。なにより離婚の原因は、母の浮気だったそうです。父の友人の男と浮気したらしく、そのせいで父は一時的におかしくなりました。日本で働いていたのですが、その会社もやめ、生まれ故郷のロンドンに戻った。でもショックは引きずっていて、一度もその母について話すことはなく、少しはできるはずの日本語を話すこともありませんでした」

血は争えないという。だとしたらクリスティーンは、母と同じ過ちを犯していたことになる。

「そういう事情があったので、ハナは母が死んだことを父には話さず、お悔やみの手紙を返しただけでした。ただ、そのあとも父には内緒でしたが、姉との手紙のやりとりは続きました。年に数回、クリスマスなどに、おたがいの近況を知らせる手紙です」

姉妹の文通は続いた。

ただ、クリスティーンはその手紙で嘘を書いていた。早稲田《わせだ》大学を出て、巫女《みこ》の仕事をしていると。おそらく見栄を張っていたのだろう。北海道に旅行した話などもあり、ハナはそれを信じていた。

つたない英語力なので、ハナもなるべく簡単な英語で手紙を書いた。顔も知らない姉だが、だんだん愛着《あいちゃく》をおぼえるようになった。いつか日本に行ってみたいとも。

そして先日、突然、ハナの携帯にクリスティーンから電話がかかってきた。

電話番号は交換していた。だが、電話をしたことはなかった。クリスティーンは英語が話せないし、ハナは日本語が話せないからだ。

だから突然の電話に驚いた。公衆電話からかけているようだった。あの古いガラケーでは、国際電話をかけられなかったのかもしれない。

クリスティーンはとても慌てていた。

発音が聞き取りづらかったが、「help me」と言ったのは分かった。なんとか聞こえたのは「passport」「one week」「go to London」といった断片的な言葉だけ。たぶんパスポートの交付に一週間かかる。そのあとでロンドンに行くから助けてほしい。そういう内容だと察した。

でも、なぜ急にロンドンに来るのかが分からない。ハナが質問しても、言葉が通じなかった。ただ、「with my boyfriend」と言った気はした。一人ではなく、彼氏と来るらしい。

ひどく慌てているので、駆け落ちなのかと思った。「その彼氏は誰なの?」と聞くと、クリスティーンは「オオタケイッサ」と答えた。

「オオタケイッサ?」と美嘉は言った。

河田が答える。「はい、オオタケイッサです」

「大竹イッサ。小林一茶《こばやしいっさ》の一茶でいいのかしら。いったい誰なの?」

「それが分からないんです。ハナも、名前じゃなくて、職業や関係性を聞いたのですが、ぜんぜん伝わらなかったそうで。ともかくハナはＯＫと言いました。『Ｉ　ｃａｎ　ｈｅｌｐ　ｙｏｕ』と。クリスティーンさんはサンキューと言って、電話を切りました」

その電話がかけられたのは、奎が別れ話をした二日後である。確かに、あのときクリスティーンは「日本はもういや、海外に行きたい」というようなことを言っていた。そのあとで父や妹のいるロンドンに行くことを思いついたのかもしれない。

だが、パスポートの交付には一週間ほどかかる。それを待ってから、奎と駆け落ちするつもりだった。思い込みの激しい彼女らしい計画だった。

「そりゃあ俺だって、できればそうしたいけど……」

あのとき中途半端な言い方をしたのがまずかった。それを真に受けたのだ。

ハナは電話を切ったあと、日本語のできる河田と連絡を取った。だが河田は仕事でロンドンを離れていたため、会えたのは一週間後だった。河田に通訳を頼んで、クリスティーンの携帯にかけたが、つながらない（ちょうど自殺した日である）。翌日も、その翌日もかけたが、つながらなかった。それで以前、手紙でアパレル会社の社長と友だちと書いてあったのを思い出して、電話をかけたという流れである。

美嘉は表情を変えずに聞いていた。

河田は言った。「クリスティーンさんになにかあったんですか？」

美嘉は奎に顔を向けた。「ねえ、あなた」

「えっ。あ、俺？」

「うん、ちょっと席を外してもらえる？」

「あ、ああ……、でもなんで？」

「ハナさんに大事な話があるの。クリスティーンの名誉にも関わることだから」

「……分かった。じゃあ散歩でもしてくるよ」

奎は席を立ち、玄関から外に出た。だが、散歩には行かず、足音を立てないように庭に回って、リビングに面する窓まで這《は》っていった。窓ガラスに耳をあてて、室内の声を聞いた。

美嘉の声が聞こえてきた。

「――を言うのは私も心苦しいけどね。ハナさんがお姉さんに抱いているイメージを壊して、幻滅《げんめつ》させることになるから。でも、正直に話すわ。クリスティーンはね、ひとことで言うとパラノイアなの。妄想症《もうそうしょう》」

河田が、美嘉の言葉を通訳している。

「悪意なく嘘がつけるの。たとえば、ハナさんには大学を出たと言っていたそうだけど、嘘。本当は高卒。中学でいじめにあって、対人恐怖症になっていたから学校に行けなくて、通信制の高校に入った。今は無職。いわゆる、ひきこもり。どうやって生活しているかというと、あなたのお父さんが養育費代わりに残したマンションの部屋で、お母さんが亡くなったときに支払われた生命保険金を食いつぶして生活している。趣味はゲーム。北海道に旅行したはずもないし、巫女の仕事にいたっては完全に意味不明。私の知るかぎり、彼氏がいたこともない。あなたの手紙に書いたことは嘘ばかりなのよ。

なぜそんな嘘をつくのかは知らない。見栄なのかな。とにかく自然と口から出まかせが出てくるの。妄想と現実の区別がつかなくなっているのかもしれない。あのマンションの部屋で、一日中一人でいて、こうだったらいいな、ああだったらよかったのにって妄想しているうちに、それが本当の自分なんだと自己暗示にかかってしまったのかもしれない。

ごめんなさいね。お姉さんの悪口を言って。でも、私も困ってるの。平気で嘘をついて、嘘を指摘すると大声でわめくし。逆に放置しておけば、自分のついた嘘に酔って、どんどん気持ちよくなって、嘘が際限なくエスカレートしていくし。

あの子が嘘をつくのは、現実がつらいからでしょ。ここではないどこかに行きたい、ちがう自分になりたいって願望をふくらませて、それが妄想化する。かわいそうなところもあるけどね。ハナさんはお姉さんの顔を覚えてないんでしょ？　顔にそばかすがあって、私は気にするほどでもないと思うけど、本人はコンプレックスに思っているみたい。両親の離婚、いじめ、お母さんの死、つらいことが多かったのも事実。でも、そんな状態だから友人も恋人もできない。今は働いてもいない。

クリスティーンにとっては、ロンドンに住む大卒の妹は特別な存在だったのかもしれない。手紙ではどんな嘘をついてもバレないし。あの子にとって大事なのは、自分のついた嘘を疑わずに聞いてくれる人だけだから。結局、嘘を言いたいだけで、実のところ、聞いてくれる人は誰でもいいの。私でもハナさんでも、行きずりの男でも。自分の話を聞いてくれるなら、ひょいひょいとホテルにもついていってしまうから。

クリスティーンが電話でハナさんに話したことは、私にはよく分からない。大竹一茶だっけ。そんな名前、聞いたこともないし。行きずりのナンパ男なのかもしれないし、実在しない妄想の世界の住人なのかもしれない。あの子の言うことはつねに真否不明で、よく分からないのよ。過去にもあったわ。『誰かから監視されてる』とかね。たぶん寂しいんだと思う。自分のことを心配してくれる人を欲しているから、心配されるような状況を進んで作りだす。まるで家出する小学生みたいに。

お姉さんを心配してわざわざ日本に来たあなたに、こんなこと言いたくないんだけど、でも事実はそういうことなの。関わらないことをお勧めするわ。突然、ロンドンの自宅に来られて、『ロシアの殺し屋に狙われているから、かくまって』とか言われたら困るでしょ。私もくたびれているのよ。中学からの腐《くさ》れ縁《えん》だから付き合っているけど、こんなふうに社長の私の名前を使われて、迷惑したこともたびたびあった。

まったくどういうつもりなのかしら。だいたいあの子、貯金がなくなったら、どうやって生活していくつもりなのよ。私もどこかで見切りをつけなきゃいけないとは思っているんだけど。

連絡がつかなくなって、私も心配していたけど。でも、まあ、クリスティーンのことだからね。今回は何から逃げているのやら。いちおう私のほうから警察に相談してみるわ。大竹一茶のことも当たってみる。見つかったら、ハナさんにも連絡するけど——」

## 3

ハナは二日間、東京観光してから帰国した。

美嘉はいちおう大竹一茶について調べていた。とはいえネットで検索して、何も出てこないことを確認しただけだが。警察にも相談に行った。だが、捜索願《そうさくねがい》を出せるのは親族、恋人、雇用主だけで、友人にすぎない美嘉では出せないと聞いて、あきらめて帰ってきた。

それっきりこの件について口にしなかった。

クリスティーンは行方不明になった。しかし奎と美嘉、ハナと河田をのぞけば、行方不明になったことさえ誰にも知られていない。

ハナは姉の実相を聞いて失望したようで、それから連絡はない。そしてハナが去って三週間後、美嘉は無事に男の子を出産した。

奎は今、産婦人科医院の部屋にいる。

美嘉が赤ん坊にお乳をやっている。我が子をその手に抱き、愛おしそうに見つめている。すっかり母の顔になっていた。奎は純粋に美しいと思った。

だが、これが本当の妻の顔なのだろうか。

あらためて振りかえってみる。

奎はクリスティーンと不倫していた。だが、美嘉の妊娠と、あのタトゥーを見て怖くなり、別れ話を持ちかけた。彼女はずっとひきこもりで、人生を悲観していた。奎に捨てられたと思い、自殺を決意する。恨みを込めて奎の寝室に侵入し、首を吊った。

奎は、この自殺体が発見されたら、不倫がバレることを怖れた。逆に死体を隠してしまえば、家族のいないクリスティーンは行方不明になっても探す人はおらず、捜索願すら出されない。死体さえ発見されなければ、完全犯罪になる。そう思って死体を埋めた。

事実そうなった。そういうことだと思っていた。だが、本当にそうなのか。

もう一つ可能性がある。

美嘉は不倫に気づいていた。決断は速かった。社長として使えない部下を切り捨てるように、裏切った親友を切り捨てる決断をした。

あの日、美嘉はクリスティーンを自宅に呼んだ。睡眠薬を飲ませるなどして抵抗をふせぎ、絞殺する。そして奎の寝室に運んで、首吊り自殺に見せかけた。おそらく首に輪をかけて、その紐を天井のシーリングファンに結びつけたのだ。ファンを回転させれば、紐が巻き取られて吊りあげられる。この方法なら腕力はいらない。それから寝室の窓ガラスを割った。

死体の第一発見者になるのは奎。

美嘉は、夫がその死体を発見したときに取るであろう行動を完璧に予測していた。クリスティーンを殺すこと自体はさほど難しくない。問題は死体の処理である。身重の体では、死体を外に運びだして埋めるのは難しい。というか、そんなみじめな肉体労働をすることが、単にかったるかったのかもしれない。だから不倫した罰として、夫にやらせた。奎がその死体を発見したら、不倫の発覚を恐れて死体を秘密裏《ひみつり》に処理するだろうと、美嘉は完璧に読みきっていた。

だとしたら、すごい決断力である。奎が慌てて警察に通報してしまうことだってありえたのだから。

警察が死体を検視すれば、自殺ではなく、絞殺したあとで首吊り自殺に見せかけただけと見抜いただろう。即座に殺人の捜査がはじまったはずだ。

死体は奎が発見した時点で、硬直がはじまっていた。あとで調べたことだが、死後硬直は死後二、三時間ではじまり、六時間から八時間で全身におよぶ。おそらくクリスティーンは死後四時間ほどだったはずだ。死体発見は午後五時半ごろ。つまり殺害は一時半ごろと考えていい。そのとき奎は会社にいたので、アリバイがある。とすると、ただちに美嘉の犯行だと分かったはずだ。

だが美嘉は、奎が通報せず、必ず死体を処理すると見切っていた。

というか、誘導したのだ。あの電話で。

奎が帰宅して、死体を発見した直後、美嘉から電話がかかってきた。奎はいつも午後五時に退社する。美嘉は奎の帰宅時間を知っている。というか、奎のスマホに位置情報を把握するアプリを埋め込んでいる可能性もある。ともかく奎が死体を発見した直後に電話をかけて、まずは落ち着かせる。そして冷静になりさえすれば、奎が打算を働かせると読んでいた。つまり死体を処理して行方不明にしてしまえば、不倫を隠し通せると判断すると。

そのうえでゴルフバッグを思い出させる。あのゴルフバッグに、死体はぴったりおさまった。

あれはその一ヵ月前、美嘉から誕生日にプレゼントされたものである。そのとき、確かに違和感はあった。特大サイズすぎて、使い勝手が悪いのだ。たくさんゴルフクラブを持っていく人ならともかく、奎は七本ほど持っていくだけ。たまに行くくらいで、そこまでのめりこんでもいない。ゴルフバッグが欲しいなんて、ひとことも言っていないのに、なぜと思った。

理由はこれだったのだ。だとすれば美嘉は、一ヵ月前からクリスティーン殺害計画を立てていたことになる。そのうえで死体がぴったりおさまるサイズのキャスター付きゴルフバッグをあらかじめプレゼントした。奎が死体を運びやすいように。

女性が殺人を犯すとき、困難なのは殺すこと自体ではなく、そのあとの死体処理だという。ひきずって運ぶだけでも、女性の力では難しい。そのため死体をバラバラにすることが多い。だが、ハウスキーパーがつけたわずかな傷さえ気にする美嘉が、バラバラ殺人のような血にまみれた醜い作業をするわけがない。最初から夫に死体を処理させるつもりだったのだ。

あのとき美嘉は電話で、ゴルフでも行ってきたらと勧めてきた。そのひとことで、死体をゴルフバッグに入れて、千葉県のゴルフ場に隣接する雑木林に埋めるイメージがパッと浮かんだ。

死体を埋めたあと、クリスティーンの部屋に行って、不倫の証拠となるものが残っていないか捜索した。だが、何も見つからなかった。日記や手帳だけでなく、取得したはずのパスポートも、ハナとやりとりしていた手紙もなかった。

それもそのはずだ。行方不明になったクリスティーンの部屋が、なんらかの理由で捜索される可能性もある。おそらく美嘉が殺害後にあの部屋に行って、不都合なものをすべて処分したのだ。

そしてクリスティーンは行方不明になる。捜索願が出されることもなく、存在が闇に葬られる。それが美嘉の計画だった。

だが、ここで想定外のことが起きる。

クリスティーンがハナと連絡を取っていたことだ。それどころか、殺される直前に電話をかけていて、ロンドンに逃げる計画さえ立てていた。

生き別れた姉妹が手紙交換していることを美嘉が知ったのは、おそらく殺害後にクリスティーンの部屋に行って不都合なものを処分したときだ。そこでハナからの手紙を発見して、初めて知った。しかしすでに殺害後だから、計画は変更できない。

つまり、いないと思っていた家族がいたことになる。その家族は、警察に捜索願を出すことができる。そのハナが日本にやってきた。

大竹一茶は、もちろん奎のことだ。

奎は、美嘉やクリスティーンから「奎さん」と呼ばれていた。モデル時代に知り合った美嘉がそう呼んでいて、クリスティーンもそれにならっていた。結婚後も呼び名はそのままである。

おそらくクリスティーンは、つたない英語でハナにこう言ったのだろう。

I go to London with Honda Keisan.

英語で話すとき、名前に「さん」をつけるのは変だし、本来であればKei Hondaと言うべきなのだが、慣れでそう言ったのだろう。それを日本人の名前に疎いハナは、こう聞き間違えた。

Honda Keisan

↓

Ohtake Issa

ホンをオーに聞き間違え、ダをタと聞き間違える。さらに姓と名を区切るところを間違え、イサンをイッサと聞き間違えた。ハナは大学で日本文学の講座を取っていた。もしかしたら小林一茶の名前をどこかで聞いたことがあるのかもしれない。だからイサンが、聞きおぼえのあるイッサに聞こえた。あるいはそれを河田に伝える過程でズレたのかもしれない。

ハナが日本に来たことで、美嘉は少なからず危機感をおぼえただろう。

だから即座に対応した。

ハナが直接会ったことがないのを利用して、クリスティーンをパラノイアにしたてあげた。

確かにクリスティーンはコンプレックスが強く、見栄もあった。異国に住む妹にかっこつけたい気持ちがあって、学歴や職業を偽っていた。

だが、それくらいは誰にもあることで、パラノイアというほどではない。美嘉はその小さな嘘を拡大解釈して、クリスティーンを妄想症にしたてあげた。奎と美嘉しか友人がいないので、美嘉の言っていることが嘘だと言い立てる人間はいない。

姉の実相を知ったハナは、失望してロンドンに帰っていった。美嘉がていよく追い払ったと言ったほうが正しいかもしれない。

だが美嘉は、大竹一茶が奎だと分かっていたはずだ。だからあのとき、ハナと河田の前で、奎を「ねえ、あなた」と呼んだのだ。

美嘉はいつも「奎さん」と呼んでいて、「あなた」と呼んだことは一度もない。だが、ハナと河田の前では「あなた」と呼んだ。突然そう呼ばれて、一瞬、自分が呼ばれたのか分からなかった。

なぜそんな呼び方をしたのか。

おそらくハナの前で「奎さん」と呼んだら、そのイサンの部分がハナの耳にはイッサに聞こえてしまう可能性があったからだ。それで大竹一茶が本田奎だと気づかれてしまいかねない。

考えすぎだろうか。

自殺か、他殺か。証拠はない。もちろん死体を掘りかえして、真相を解明するつもりはないが。

しかし、俺は本当に自分の意志で死体を埋めたのだろうか、それとも妻にそうするように操作されていたのか。俺は自分の意志でこの手足を動かしているのだろうか、それとも妻の操り人形にすぎないのか。

「ねえ、パパ」と美嘉は言った。

「えっ……、ああ、俺？」突然、パパと呼ばれて、とまどってしまった。

「だってパパでしょ。子供ができたんだから」

「……そうだね」

「これからはパパって呼ぶから」

「ああ、うん」

「そこのティッシュ取って」

奎はティッシュを一枚取って渡した。美嘉は、赤ん坊の口から垂れたよだれを拭いた。美嘉の顔は、妻でも恋人でもなく、社長でもなく、ましてや殺人者でもない。優しい母の顔だった。

クリスティーンは言った。「奎さんは何も知らないのよ。美嘉の本性を、何も……」

美嘉の本性。

慈愛に満ちた母か、それとも冷酷な殺人者か。

ハナによれば、電話でクリスティーンはひどく慌てていたという。パスポートを申請して、奎と一緒にロンドンに逃げようとしていた。

なぜそんなに慌てていたのか。

美嘉に殺されるかもしれないと感じていたのかもしれない。だから急いでロンドンに逃げようとした。だが、パスポートの交付には一週間ほどかかる。その一週間が命取りになった。

二人のあいだに何があったのかは知らない。

美嘉がクリスティーンを殺したのか。

分からない。

いや、知らないほうがいいのかもしれない。知ったら、今度は自分の命が危ない。

「奎さんは何も知らないのよ。美嘉の本性を、何も……」

クリスティーンの言葉が、ずっと耳の奥に残っている。

（了）

「成人式とタイムカプセル」

阿《あ》津《つ》川《かわ》辰《たつ》海《み》

**阿津川辰海**（あつかわ・たつみ）

1994年東京都生まれ。東京大学卒。2017年、新人発掘プロジェクト「カッパ・ツー」により『名探偵は嘘をつかない』でデビュー。以後、『星詠師の記憶』、『紅蓮館の殺人』（講談社タイガ）がミステリランキングの上位を席巻、2020年に発表した『透明人間は密室に潜む』は、「本格ミステリ・ベスト10」の第1位、「このミステリーがすごい！」第2位、など高い評価を受ける。'20年代の若手最注目ミステリ作家。

# 5

「何も入っていない」

僕は茫然《ぼうぜん》と呟《つぶや》いた。

ラグビーボールのような形をしたタイムカプセルは真ん中から開かれている。

しかし、中は空《から》っぽだった。

唖然《あぜん》として顔を見合わせる僕と日景《ひかげ》。小学校の教室の片隅で、何かの冗談のような光景が繰り広げられていた。

「でも、確かにこのカプセルの中に入れたんだ。僕の仲間五人分の、十年後の自分への手紙とプレゼント」

「うん、分かってるよ。タイムカプセルってそういうものだからね」

日景のどこか冷静な返答が可笑《おか》しかった。だが、目の前のこれは、笑い事ではない。

僕は言った。

「だったら、どうして入れたはずの手紙とプレゼントが、全部消えたんだ？　誰が、どうやって？」

僕は未だに信じられない思いで首を振った。

「第一、何のために？」

日景はじっとカプセルの中を見つめていた。

何もないカプセルの中を。

その怜悧《れいり》な瞳は、まるで、目の前の出来事の全てを、見通しているかのようだった。

## 1

僕は正月に合わせて実家に帰って来ていた。新型コロナウイルスの流行は未だ収まる気配がなく、成人式には出ないつもりでいたが、成人の日の祝日までは実家でだらだらすることにしていた。

成人の日の前日、一月十日の日曜日の夕方、家の電話が鳴った。どうせ母親の友人かセールスだろうと思ったので、自分では全く動かなかった。

「雄馬《ゆうま》ー、あんたに電話よー」

母親に呼ばれて驚いた。僕に？　小学校の頃の友人だろうか。

僕はなんとなく出たくない気がしたが、渋々母親から受話器を受け取った。

「タイムカプセル、ですか」

そうなの、と電話の向こうの声が応えた。S小学校の現任の女性教師の中沢《なかざわ》先生という人からだった。

「今度、学校の改修工事があるから校庭を掘り返していたら、三十センチくらい掘ったところで、タイムカプセルが一つ出て来てね。カプセルには『4-2有志』としか書かれていないから、何期生のものか分からないの。それで、四年生のクラス委員長だった人に片端から声をかけていて……有田《ありた》さん、心当たりはない？」

女性教師はよどみなく言った。僕にかける前から、何人もの元クラス委員長に同じ話をしているのだろう。

「最近は地面に埋めるタイムカプセルより、郵便局に十年後の指定配送を頼むサービスとか、インターネットでのサービスが主流なの。だから、五年、十年前が本命じゃないかと思って」

「今はそんなものがあるんですね。でも、僕だってタイムカプセルなんて——」

そう言いかけた時、ふっと、記憶が蘇《よみがえ》った。

「あ」

「『あ』って何⁉　心当たりがあるの⁉」

「あ、えっと」

すごい食いつきだった。僕は内心戸惑いながら、唾《つば》を飲み込んだ。

「十年前、ですかね。『二分の一成人式』があった二月に、タイムカプセル、埋めた覚えがあります。ポプラの木の前、ですよね」

「そう、そうなの！」

中沢先生は勢い込んで言った。

二分の一成人式とは、二十歳の半分の十歳をみんなで祝おうという行事だ。体育館を借り切って、親も観覧席に呼び、それぞれが自分の特技と将来の夢をスピーチで発表する、それなりに盛大なものだった。一人ずつ将来の夢を葉っぱ形のカードに書いて、木を描いた模造紙に貼っていき、『みんなの夢の木を生やそう』という企画もあって、僕らよりも親に人気があった。

「あぁ、良かったー。誰に電話しても、埋めた覚えはないし、今時やらない、なんて言うから先生困り果ててたの。新学期のせいで準備が大変で、校舎改修で考えることは山積み、おまけにコロナでしょ？　そんな中でも、埋められたものが見つかったら、とにかく連絡して埋めた人を見つけなきゃいけないの。だってこれ、生徒にとっては大切なものじゃない？　勝手に処分するわけにもいかないしね。でも、私たちとしてはこうして仕事が増えるばかりで……」

「そう、ですか。大変ですよね」

どうにも歯切れの悪い返答になってしまう。苦労のほどは偲ばれるし、埋めたのは確かに僕とその友達なのだが、これは僕が聞かなければならない愚痴なのだろうかと思ってしまう。

「――で、いつ来てくれるの？　明日は祝日だし、大学休みでしょ？　来られる？」

「え。明日、ですか」

「そう。だって善は急げって言うじゃない？　それに、実際見てもらったら、あなたたちのカプセルじゃないかもしれない。そしたら、また探さないといけないもの」

「あの、でも明日って、先生は」

「私？　ああ、いるわよ。十時から三時くらいかな。テストの準備が出来てなくて。その時間ならいつ来てくれてもいいから」

僕は電話の向こうに悟られないよう、小さくため息をついた。

「――あの、僕、今年が成人式で」

「あら、そう、そうよね。二十歳だものね。じゃあ、式典の後で大丈夫よ。ああいうのって午前中に終わるもの」

「……では、それで構いません」

「あ、そうだった。有田さんのお兄さんで、大志《たいし》さん、だったかしら。彼にも聞いておいてもらえる？　彼、あなたの二年前に4年2組のクラス委員長だったから。何か知ってるかも――」

「いません」

兄のことを言われたことで、瞬間、頭がカッと熱くなった。

「はい？」

「兄なら、今は日本にいません。留学中で、確かイギリスだったかな」

「あら、そうなの。今一人で外国なんて、随分心細いんじゃないの？　でも、そう、留学だなんて、すごいのね、お兄さん」

それで堪忍袋《かんにんぶくろ》の緒が切れた。

「では、明日伺いますので。失礼します」

そう言って、返答も待たずに電話を切った。やってしまってから、後悔の苦い念がじわりと口中に広がる。感情的すぎた。中沢先生は、事あるごとに兄と自分を比べてきたあの担任とは関係ないというのに。

おまけに、成人式である。今年はコロナのこともあるし、興味もないので行かずに済ませようと思っていたのだが、嘘でも行くと言ってしまうと、行かないと据わりが悪い。口に出した下手な言い訳に縛られるというのも損な性格だが、そういう性分《しょうぶん》なのだ。スーツくらいなら実家にもあっただろう。諦めて、参加してみようか。

中学・高校は県の進学校に進み、大学は東京のT大学に通っている。中高の友人にはこの町の出身者はいなかったし、小学校からの友人はみんな中高でさらに人間関係が出来たりして、僕は輪に入っていけないだろう。タイムカプセルを一緒に埋めた四人も、四人揃って地元の中学に進んだというから、今では僕が入れる余地もないはずだ。

気分が憂鬱《ゆううつ》になってきた。

本当は一人だけ——一人だけ、会いたい人がいるが、彼女がこの町にいるはずもない。

「先生、なんだって?」

母親がリビングから顔を出した。

校舎の改修でタイムカプセルが見つかったと話すと、「ふうん」と興味なさそうに鼻を鳴らした。

「大志も似たようなことやってたよね。兄弟揃ってロマンチストだね、あんたら」

「そうかもな」

僕はそれ以上言う気になれず、スーツがないかどうか聞いた。「成人式行くの? どういう風の吹き回し?」と興味津々の母親の言葉に答えるのも、煩わしかった。

## 2

成人式の会場に辿り着いた瞬間、猛烈な後悔が込み上げてきた。

会場となった大学のホールの前には、スーツや振袖《ふりそで》を着た新成人たちがたむろしていた。全員マスクをしているが、顎下《あごした》まで下げているのもいるし、第一こんなに密集していてはまるで意味がない。滞留《たいりゅう》するなと呼びかける係員の声もむなしく、バカ騒ぎする男女の声にかき消されている。

案の定、知り合いの姿など見えるはずもない。

成人式には「行った」。ホラこの通り。嘘はついていない。ここまででよしとして、退散してしまおうか。そう思ってもなお、これから会う中沢先生に「今年の式典は何やったの？」などと聞かれたらどうしようと、先回りして無用な心配をし、身動きが取れなくなるのが僕の損な性格だった。

今なら、新成人はここに滞留していて、大学のホール内は空いているだろう。席も自由に選べる。後ろの端、目立たない席でも取ってスマートフォンで電子書籍でも読んでいよう。

そう思った矢先だった。

「ねえ見て、あの女の人のスーツ、素敵じゃない？」

「ね！　すごく綺麗に見える！　振袖だと同窓会の前に着替えに行かなきゃいけないしね、あれでもよかったかなー」

振袖の女性二人の、何気のない会話だった。普段なら気にも留めなかったはずの会話だが、つられるように振り返った。まるで、そこに誰がいるか、分かっていたかのように。

二人の視線の先に、その女性はいた。

瞬間、息を呑んだ。

女性の大半は振袖姿で、スーツを着ているのは一割にも満たないだろう。スーツの女性は、ビジネススーツやリクルートスーツとは違った、パーティー用の華やかでフォーマルな装いをしている。しかし、彼女の装いはその中でも頭一つ抜けていた。

艶《あで》やかに咲いた薔薇《ばら》のような女性だった。長い黒髪と切れ長の瞳は、マスクをしているせいでより映えている。ワインレッドのパンツスーツで上下を合わせていて、さながら男装の麗人《れいじん》といった風情だ。くどすぎない銀色のイヤリングも、良いアクセントになっていた。

彼女の瞳と髪の印象が、瞬間、思い出の中の彼女と重なった。

「日景」

僕は思わず呼びかけた。

Ｋ市でただ一人、会いたい人がいるとすれば彼女だった。だけど、いるはずがないと思っていた。

僕の最初の親友、そして、初恋の人。

彼女はゆっくりと僕に目を向ける。僕はマスクをそっと下げた。僕の顔なんて、忘れてしまっただろうか。

何の興味もなさそうな冷たい目が、やがて、色を帯び綻んでいく。

「雄馬！　雄馬じゃないか！　まさかこんなところで会えるとはね！」

先ほどまでの怜悧な印象とは裏腹に、まるで子犬のような反応で飛びついてくる。

それが、彼女のずるいところだった。

＊

人込みの中で、妙に耳目《じもく》を集めてしまったので、僕と日景は急ぎホールの中に入った。

案の定、ホールの中はまだガラガラで席も選び放題だった。

あらためて、彼女の横顔を見る。

篠原《しのはら》日景。小学五年生の時、僕のクラスにやって来た転校生だ。転勤族の両親のせいで学校を転々としてきたが、父親が海外に赴任《ふにん》することになり、祖父母の家があるＫ市の学校に編入することになったのだ。

僕が図書委員に立候補した時、彼女が手を挙げた。図書委員は男女一名ずつ。その時から少し意識はしていた。以来、委員の仕事をする中で、互いの好きな本の話や映画の話をし、本の貸し借りをして、次第に仲良くなっていった。気に入った時は大いに語り、気に入らなかった時も大いに論じた。あれほど気が合って、しかも骨のある相手は他にいなかった。

彼女が小学校を卒業するころ、今度は父親が名古屋の支社に赴任することになったので、また引っ越しをし、お別れすることになった。引っ越しの話を知ったのは卒業式の翌日で、結局、臆病な僕は思いを伝えられずじまいだった。

「それにしても、日景がいるとは思わなかったよ。日景、卒業してから名古屋に行っただろ？」

「うん。高二の冬に、父さんがまた海外赴任してね、私は受験があるからって、お母さんと二人でおばあちゃんのいるK市に戻ってきたの。大学は関東なんだけど、住民票だけはこっちで」

「ああ、それなんか分かる。僕もなんとなく住民票移すのが億劫《おっくう》になって、体だけ動いてるんだよな」

「同級生が選挙行ってる時、『置いてかれた！』って思ったよ。ほら、選挙権は住民票のあるとこだから」

日景が情感たっぷりに、悔し気に漏らすのを聞いて思わず笑ってしまう。この成人式の招待状も、住民票で来る。僕と日景が会えたのは、ラッキーだったかもしれない。

それにしても、高二からK市に戻って来ていたとは。中高は県の学校に通っていたから、地元への関心が疎《おろそ》かになっていた。

日景は前の椅子の背もたれに肘をつき、ふう、と長い息を吐いた。

「でもこの町に知り合いなんてほとんどいないし、サッと見て帰っちゃおうと思ってたんだけど……まさか、こんなところで雄馬に再会できるなんてね。嬉しい」

直球の「嬉しい」に胸を高鳴らせていると、「ところで」と日景が言う。

「雄馬は今どこで何やってるの？　さっきの口ぶりだと、K市以外で住んでるんでしょ？」

「僕？　僕は……」

若干《じゃっかん》のためらいを残しながら、T大学に進学して一人暮らししていると口にする。

「おお、さすがだ。昔から優秀だったもんね」

日景は嫌味を感じさせない爽やかな賛辞を口にした。

「でも、そうするとあれでしょ？　地元に帰ってきたりしたら、無駄に褒められたり、『俺が育てたおかげだ』とか親戚に威張《いば》られたりするでしょ」

「うわ、なんで分かるの」

「おや、図星か。まあ、君ほどの大学じゃないけど、私も似たようなものだからね」

日景は肩をすくめた。

「日景の大学だって十分凄いだろ」

「お？　嫌味ですかな？」

「馬鹿言え」

日景はカラカラと笑った。

「冗談冗談。でもま、親のおかげなのは分かってるけど、あれってやっぱりモヤモヤするよね。やったのも頑張ったのも私なのに、って感じがする」

僕はため息をついた。

「分かる気がするよ。そんなこと口にしたら、『傲慢《ごうまん》だ』って言われそうだけどな」

「言えてる」

二人の間には八年間の隔たりがあるはずなのに、それを感じさせないほど心地よい会話のテンポだった。

横顔をぼうっと眺める。

――やっぱり、綺麗だな。

あれから全く恋をしなかったと言えば嘘になるが、やはり、日景に覚える胸の高鳴りは格別だった。マスクをしていると、顔の他のパーツが隠されている分、瞳の綺麗さがより強調されるような気がして、それもまた味がある。

「雄馬、この後予定あるの？」

「予定？」

「そ。私、昨日いきなり言われて来たから、同窓会がどこでやってるとか知らないし。雄馬が行くなら、ついていこうかなって」

「あー……」

Ｓ小学校のタイムカプセルのことを思い出したが、よほどこのままフケてしまおうかと思った。だが、行くと言ってしまった手前、そうするのも据わりが悪い。

僕は正直に、この後小学校に行ってカプセルを受け取ると告げた。へえ、と言った日景の眼が光ったような気がした。

僕はそっと深呼吸する。再会できたのが、もう奇跡みたいな話なんだ。ここで勇気を出さなくて、どうする。

「でも、そっちはすぐ済むからさ、日景、もしよかったらその後――」

「ね、私もついて行っていい？」

「僕と……え、何、ごめん、なんて言った？」

「だから、小学校。私もついて行っていい？」

僕は唖然とした。僕がタイムカプセルを仲間と埋めたのは小学四年生のこと。五年の時に転校してきた彼女とは、もちろん一切関係がない。

そう伝えると彼女は、「まあ、受け取るだけならすぐ済むだろうし、せっかくの記念日なんだから、懐かしの小学校くらい見ていきたいじゃない？」と事もなげに言った。

それに、と彼女は続ける。

「まさか雄馬にそんなロマンチックなところがあったなんて思わなかったからね〜。どんなものが出てくるのか、日景さん、興味津々なわけですよ」

「うわ。ぜってー見られたくない」

日景は鈴の鳴るような声で笑った。

僕がタイムカプセルなんてものを作ったのは、兄への憧れと対抗心によるものだ。二年前の『二分の一成人式』で、兄が四人の親友を集めて、校庭のソメイヨシノの木の下にタイムカプセルを埋めた。それを聞いた僕は、四人の友人を無理やり集めて、同じようなものを作ってやると画策したのだ。太っちょで大食らいのマンプク、サッカーが得意で女子にモテたツヨシ、裁縫と料理が大好きなミッチ、新体操の習い事に行って選手を目指していたナツミン。今から思えば、僕が無理やり引き込んだだけであって、みんな心から乗り気ではなかったかもしれない。でもとにかく、作ったのだ。十年後の自分への手紙とプレゼントをそれぞれ用意して、金属製の球体の中へ詰めた。そして、ソメイヨシノの隣、ポプラの木の下に埋めた。

不思議なことに、あの頃の彼らの顔は、ぼんやりと浮かぶばかりで、明確な形を取らない。名前は憶えているのに、顔は出てこない。それが彼らへの不義理であるような気がした。

カプセルを埋めた日、兄はどこから聞きつけたのか、僕に意気揚々と言った。

——タイムカプセル、雄馬も作ったんだな！　いいよなぁあれは。俺たちの時は、ソメイヨシノの木の下で告白騒動があったりして、人の目がない時に埋めるのが大変だったんだよ。懐かしいなあ。告白するのが、クラスきってのイケメンで、相手がクラスのマドンナ。告白が失敗してほしいと、みんな固唾を飲んで見守っていたな。

兄はそんなどうでもいいことを言った後、感慨深げに言った。

——携帯もメールもあって、あんなものがなくても皆にはまた会えるけど、十年後のその日、そこに行かないと開けられないっていう不自由さがいいと思わないか！　ロマンがあるよな！

僕は軽くショックを受けた。僕はそんな風に考えたことさえなかったからだ。ただ、なんとなく憧れて、なんとなくかっこよくて、ただ猿真似がしたかっただけだった。兄、大志の眼はいつも遠いどこかを見据えているような気がした。

そうして今、兄は海外にいて、僕はここで何も出来ずにいる。

……どうしようもなく、兄のことが嫌いだ。

結局、僕が勝手に兄を意識しただけで、中身なんて全然伴ってなかった。空虚《くうきょ》なタイムカプセルだ。あの頃の僕は、兄へのコンプレックスの塊《かたまり》だった。十年後の手紙だって、どうせそんなことしか書いていないに違いない。初めから、兄には相手にさえされていなかったのに。

途端に、日景を連れて行くのが憂鬱になってきた。自らの汚点を、憧れの人に曝《さら》け出すような、そんないたたまれない思いがしたのだ。

ふっと、ホールの照明が暗くなる。

「あ、式典、始まるみたい」

彼女は僕への興味をすっかり失ったかのように、好奇の目を壇上に向けた。

僕はそっとため息をつく。まあ、いいか。考える時間なら、式典の間中、たっぷりある。

## 3

僕と日景は早々にホールを抜け出し、S小学校の最寄《もより》駅に向かう電車に乗り込んだ。最寄駅といっても、僕と日景の実家の近くなので、結局は帰ってきただけだが。

駅から、S小学校までは十分ほどの距離だ。商店街を抜けると、そこは懐かしの通学路だった。

「この八百屋さんまだ残ってるんだ。懐かしいなー」

「でも、学校の前のお好み焼き屋さんは、コロナの影響で閉まっちゃったらしい」

「マジで。あそこに雄馬と寄っておやつ食べるの楽しかったのに。くそ。コロナが憎い」

日景は握り拳を固めて震わせ、本当に悔しそうだった。

不意に、日景は僕に向き直った。

「ところで、なんでタイムカプセルなんて埋めたの？　それに、他のお友達は？」

「あー……」

僕は渋々ながら、中沢先生から電話がかかってきたこと、兄に憧れてカプセルを埋めたことを説明した。

「お兄さん？　雄馬、お兄さんいたんだね」

「え？　うん、大志っていう二つ上の兄貴が……ああ、そっか。日景が転校してきた頃には、もう卒業してたから」

「それで、あんまり知らないのか」

「考えてみればそうだね。それに、担任も変わっていろいろ言われなくなったし……」

「担任？」

しまった。これは言いたくないことだった。しかし、日景が次の話題に行ってくれそうにないので、止むを得ず口にする。

「……小三、四の時の担任はさ、事あるごとに、僕と兄貴を比べたんだよ。兄に出来たことが、どうしてお前には、みたいにさ。まあ、うちの兄貴ってあれで優秀だから」

「ひどいな」日景は鼻を鳴らした。「君は君、お兄さんはお兄さんだろう。私は雄馬には雄馬のいいところがあることを知ってるよ」

僕は足を止めた。

それは小学四年生の頃の僕が、一番欲しかった言葉だった。

「雄馬？」

僕はハッとする。日景は数歩先に立って、小さく首を傾げていた。

「……なんでもない」

僕は首を振った。

あの頃、日景に出会えていたら、何か変わっていただろうか。

## 4

小学校に着くなり、「懐かしい！　懐かしい！」と日景は大はしゃぎだった。

「ねえ！　校門ってこんなに低かったっけ！　下駄箱の一番上も、あの頃はあんなに高く見えたのに、今では胸の位置くらいに来てる！」

日景は目に映る一つ一つが新鮮らしく、全てに瑞々しい反応を返していた。なかなかいいな、と思った。こんな風に、浮かれている日景を眺めているのは悪くない。連れてきて良かったかもしれない。

日景が僕の顔を覗《のぞ》き込む。

「なーんか変なこと考えてない？」

「考えてない、考えてない」

僕は首を振る。

校庭に出てみる。校庭にはブルドーザーやクレーンが止まっていて、木造の旧校舎が灰色のシートに覆われていた。旧校舎の近くに、ポプラとソメイヨシノは立っている。

校庭を横切ってポプラの木の前に立つと、穴が開いていた。三十センチほどの深さで、穴の底には何もなかった。

「カプセル、ここから掘り出したみたいだね」

隣から日景が言った。

ポプラとソメイヨシノは隣り合っていて、手前に木の由来を紹介する看板が立っている。看板は近くの地面が掘り返されて緩《ゆる》んだせいか、少し傾いていた。

「懐かしいな。確かさ、このソメイヨシノの木の下で告白すると、必ず成功するみたいな言い伝え、あったよね」

「あったな。どこの恋愛ゲームだよ、って話だけど」

日景にはうまく通じなかったらしく反応がなかった。

「そろそろ、職員室行く？　その先生待ってるんでしょう？」

時刻は午後一時。中沢先生は午後三時までは学校にいると言っていたが、そろそろ声をかけた方がいいだろう。日景に促《うなが》され、頷《うなず》いた。

「いやー、ほんと困ってたのよ。創立五十周年とか、そういう記念事業のタイムカプセルはちゃんと学校で管理してるんだけど、どうしても、生徒が勝手に埋めたカプセルだけは一から探さないといけないのよね」

勝手に、という言葉が、やけに耳に刺さった。

中沢先生は三十代前半と思しき女性教師で、今日は休日出勤ということもあり、かなりラフな服装で学校に来ていた。

顔を見るなり、よく喋《しゃべ》りそうな人だなと思った。日景と僕を見ておせっかいな親戚のように目を輝かせ、マスク越しでもはっきりと口の動きが分かるくらいハキハキと話した。

問題のカプセルは空き教室の片隅に敷かれたブルーシートの上に載っていた。全長十

五、六センチほどでラグビーボールか薬品のカプセルのような形をしている。ボールの周囲が六個の金属製のボルトによって、固くロックされている。

「工具は用意しておいたから、開けてもらってもいいかしら。いやー、こういう場合、勝手に開けるわけにもいかないしね。じゃ、あとよろしくね」

中沢先生はそう言うなり、せかせかした足取りで姿を消した。

僕は日景に「よし、開けてみるぞ」と言って、六角レンチを手に作業に取り掛かった。

日景は目を輝かせて、興味津々といった体で僕の手元を覗き込んでいた。

## 6

そして、冒頭の場面に相成るわけである。

タイムカプセルの中身は、空っぽだった。

最前、自分が思い浮かべた言葉を思い出す。空虚なタイムカプセル。寄せ集めの五人で無理やり作った、中身を伴わないタイムカプセル。しかし、それはあくまで比喩《ひゆ》だ。

現実に、何も入っていないわけじゃない。

「面白くなってきたね」

日景は場違いな一言を吐いた。

「どこがだよ。何も入ってないんだぞ」僕は首を振った。「みんなになんて報告すれば」

「まずは、一つ一つ確認していこう」

日景は教室の机の端に腰かけた。事態の渦中《かちゅう》にいる僕よりも、日景の方が冷静に物事を観察できるのかもしれない。そう考えるとありがたいが、本来彼女には関係ないことに巻き込んで、申し訳ない気持ちにもなった。

「ごめん、こんなことになると思わなくて」

「何を言うんだ雄馬。これも乗りかかった舟だよ」

日景は事もなげに言った。

「まず、タイムカプセルを埋めた日のことを確認しよう」

「あ、ああ……。十年前、僕らが小学四年生だった頃の『二分の一成人式』の日だから……二月十日だ。成人の日と被って親御さんが来られなかったケースがあって、一ヵ月ずらした第二金曜日にしてるみたいなんだけど、祝日で一日前にズレたはず。その日の午後四時、放課後の時間を狙って、タイムカプセルを埋めた」

「タイムカプセルを埋める計画はいつから始まった？」

「えっと……僕の中では、兄がそういうのを作ったと知った小学二年生の時。だけど、実際に声をかけたのは、小学四年生の一月になってからだったと思う。『二分の一成人式』の練習を、みんなが学活の時間を使って始めた頃だった。僕は四人に声をかけて、タイムカプセルを作ろうって」

タイムカプセルはその頃、ネット通販を使えば安価に手に入った。あのサイズなら千五百円程度だったから、五人で割って一人三百円。お金を持ち寄って、ミッチが親に買ってもらった。

「中に入れるものは、その頃から用意したの？」

「ああ。十年後の自分への手紙と、自分へのプレゼント。傷んだり混ざったりしないように、ビニール袋に入れて持って来るようにしたんだ」

「互いの中身は知っていた？」

「ううん。お互い、あんまり見ないようにしようって言っていた。見ちゃったら、開ける楽しみがないし」

日景はこくりと頷いた。

「カプセルの中にみんなのものを入れたのはいつ？」

「前日にツヨシの家に集まって、みんなで入れたんだ。カプセルの中に入れた後、ツヨシが自宅の工具を使ってカプセルのロックを締めて、それきり開けてないはず」

「そして、二月十日の午後四時にカプセルを埋めた、と」

「ああ。その日以来、今日まで、カプセルが開けられたことはないはず、なのに……」

いや、頭では分かっている。あくまで、『はず』なのだ。

あの日タイムカプセルを埋めた五人は、あそこにカプセルがあったことを知っている。掘り返して、中の物を奪《うば》い去ればこの状況は成立する。不可能状況などどこにもない。

「おや、これは……」

日景はカプセルの縁から何かの紙片をつまみ上げた。

新聞紙の切れはしだった。三センチ×三センチくらいで、どこかに挟まったのか、端は千切れてギザギザになっている。

「……誰かが自分の贈り物を包むために使った？　もしくはカプセルの中に敷いていたものが、縁のところでボルトに挟まってちぎれた……」

日景は誰にともなく呟いた。

「いや、新聞紙は敷いていなかったと思うぞ」

彼女は目を瞬き、「そうか」と短く言った。そしてもう一度紙をまじまじ見つめて、「米国」「衛星」「宇宙の『交通事故』は初めて」と口にした。

「記事の切れ端から読み取れるのはそれくらいか。裏面は見出しの文字が一部だけで、参考にならない」

彼女はそう言ってから、携帯を取り出して何かし始めた。

僕はカプセルをまじまじ見つめる。

僕を含めた五人の中に、あの時埋めた手紙かプレゼントを隠したい人物がいたのだろうか？　そして、一つだけ持ち去ってしまうと犯人があからさまになるから、毒を食らわば皿までと、全部持ち去った。

もしくは、欲しいものがあった、とか。例えば、誰かが当時のアイドルのグッズとかトレーディングカードか何かをカプセルに入れていて、その金銭的価値が十年の間に高騰《こうとう》した。それを横取りするため、カプセルの中身を持ち去った。うん、これはうまいぞ、と自画自賛してみる。

日景の声が僕の思考を遮《さえぎ》った。

「今、雄馬は埋めた五人のうちの誰かが掘り返したと思っているね？」

あまりに図星だったので驚いて目を見開いた。日景は携帯をポケットにしまってから、ゆるゆると首を振る。

「違う。そうだとしたら、おかしなことになるんだ」

「何が？」

「だってそうだろう。中の物を全て奪い去るなら、カプセルごと奪ってしまえばいいんだから」

確かにその通りだ。そんな単純な視点も見落としていたことを悔しく思った。

「仮に誰かが掘り返したとしよう。すると彼または彼女は、穴を掘り返し、カプセルの六個のボルトを外し、中の物を持ち去り、また六個のボルトを締め直して、穴の底にカプセルを置き、また埋め直したことになる。あまりに不自然だと思わないかい？」

「ううん……確かに。手数が多すぎるな。見咎《みとが》められずに作業するなら夜間だろうから、穴の傍で工具を使ったとは考えづらいし、かといって、一度家に持って帰ったとすればもっとおかしなことになる」

「その通り。だとすれば、こう考えるしかないんだよ。犯人は誰にも見咎められずにカプセルを開封することの出来た人物だ、とね」

「はァ？」

日景の言葉があまりに意味不明で、僕は素っ頓狂な声を上げた。

しばらく考えて、一つ可能性に思い至る。

「……まさか、十年前、タイムカプセルを埋める瞬間にもう空っぽだった、とか？」

「うん。私もそれを聞きたかった。ツヨシ君の家でボルトを締めた時以来、雄馬は中身を見てないんだよね？」

「ああ。それはみんなも同じはず、だ」

だが、カプセルはツヨシの家にずっとあった。

「まさかツヨシが……」

「そうじゃない。その場合、ツヨシ君の目的は何だい？　全員分のものを奪っておいて、自宅に隠しておき、十年後にカプセルを開けて驚くみんなの顔が見たかった？　考えづらいね。十年後に分かる手品のためにそこまで手間をかけられるほど、人はロマンチストかな？」

僕は息を呑んだ。

日景は机から立ち上がり、教室の戸に向かった。

「どこへ」

「職員室。一つ確かめたいことがあって」

「僕も行くよ」

日景の隣に行っても、日景は立ち尽くしたままだった。

「ねえ、雄馬は、本当のことが知りたい？」

「え——？」

「カプセルは開けない方がいいかもしれない。雄馬にとって、きっと辛いものになる。つまりパンドラの匣《はこ》だよ。今日は成人式、晴れやかな日だ。カプセルの外殻だけ引き取って、どこかで飲まないかい？　もう酒はいけるんだろう？」

口調はいつもの冗談めかした日景のそれなのに、目が笑っていなかった。僕はふと肺腑が冷えるのを感じた。

第一、「カプセルは開けない方がいい」とはどういうことか？　今、目の前で開いているではないか。

僕は唾を飲み込み、日景に向き直った。

「……正直、日景の頭の回転に全然ついていけてない。日景の言う通り、酒でも飲みに行った方がいいのかもしれない」

だけど、と僕は続けた。

「もし、日景が僕のことで何か気付いて、それで苦しんでいてくれるなら、僕にはそれを一緒に聞く理由があると思う」

その時、マスクを引っかけた日景の耳が、わずかに赤く染まったように見えたのは、気のせいだろうか。

「……君は、ずるいな」

「何？」

「いい。覚悟が出来てるなら行くぞ、雄馬」

日景は有無も言わせず僕に背中を向け、ずんずんと職員室に向けて歩んでいった。

ずるいだって？　それは僕の台詞《せりふ》なのに。

## 7

カプセルの中に何も入っていなかった、と話した瞬間、中沢先生は顔を赤くした。

「何？　じゃああなたたちは、私があなたたちのカプセルの中身を盗んだとでも言うわけ？」

中沢先生はまだ、日景がカプセルを埋めた一員だと勘違いしていた。だが、それを正す間もなく彼女は続けた。

「私はあなたたちが勝手に埋めたものを管理して差し上げていたのよ？　分かってる？　そんな私をどうして疑うっていうの？」

どうしてそうなるのだ、と声を上げそうになった。休日にまで出勤して、カプセルの管理のような非定型業務もせっつかれて、彼女にも言い分があるのだろう。だけど、彼女の怒りはあまりに理不尽で、その声を聴いただけでどっと疲れを感じた。

「いえ、先生を疑っているわけでは全くありません」

「あら、そうなの」

中沢先生はスン、と取り澄ましたように言った。日景はさすがに冷静だった。

「一つだけお願いが。シャベルを借りて、あの近くをもう少し掘り返してもいいですか？　実は、もう一つ埋めたものがあるのを思い出しまして」

「いいけど」中沢先生がチラリと時計に目をやった。「私、午後三時までしかいないつもりだから、それまでに終わらせて」

時刻は午後一時四十分だった。それまでにはなんとかなるだろうか。しかし、掘り返すものとは、一体？

「ありがとうございます。——行こう、雄馬」

日景は僕の手を取り、職員室の外に出た。

「——なんなのッ、あの人！」

ポプラの木の下まで来ると、日景はぷりぷりと怒り始めた。自分以上に怒ってくれる人がいると、かえって冷静になる。僕は日景をなだめすかしながら、穴掘り作業の準備をした。スーツの上着を脱いで日景に預かってもらい、シャツの腕をまくり、借りた軍手を身に着ける。

「おー、なんかそうやってるとカッコいいよ。男らしい」

日景は心にも思っていなそうな口調で言う。僕は「言ってろ」と軽く受け流しておく。悪い気はしないが、日景があんまり平然としているので、過剰反応はしたくない。

「で、どこを掘ればいいんだよ」

「ここ」

日景はポプラの木の前、先ほどのタイムカプセルが掘り出された穴を指さした。

僕は日景に励まされたり、懐かしい話に耳を傾けたりしながら、せっせと体を動かした。

結果は二十分もしないうちに分かった。

六十センチほど掘り返した時だろうか。

シャベルの先が、何か固いものに触れたのだ。

軍手で土を払ってみると、それはラグビーボール形のタイムカプセルだった。

日景は僕と目を合わせ、ゆっくり頷いた。

「そう。タイムカプセルは二つあったんだよ」

僕たちはシャベルと軍手を職員室に返し、先ほどの空き教室に戻ってきた。

ブルーシートの上に、掘り出してきたカプセルを置く。これで、二つのカプセルが並んだ形になる。

「――一体、どういうことなんだ？」

「うん。少し説明が必要になるね。要するにだ、これは誰かのトリックでも手品でもなかったんだよ。最初に起きたのはたった一つの小さな偶然だった。それが不思議な必然の糸を繋いで、『空っぽのタイムカプセル』を生み出しただけだった」

日景は二つのカプセルを指さした。

「開けるのは後にして、先に説明を済ませよう。そうだな。仮に、君たちが埋めたカプセルをA、そして、遡《さかのぼ》ること二年前、君のお兄さんが埋めたカプセルをBとしよう」

「兄？　どうしてここに兄貴が出てくるんだ？」

日景はマスク越しでも分かるほど、ニヤリと深い笑みを浮かべた。

「なぜって、さっき開いた空っぽのカプセルはこのBであり、こ、こ、こ、こんなことを仕組んだのも、こ、こ、こ、こ、君のお兄さんだからさ」

「兄貴が……？」

僕は唖然とした。

「さて、まずは君たちがカプセルAを埋めた時の話をしよう。君たちはポプラの木の前、三十センチメートルの深さにカプセルAを埋めた」

「ああ」

「ところがだ。実はこの時、カプセルAの下、深さ六十センチメートルには、二年前、君のお兄さんたちが埋めたカプセルBが埋まっていたんだよ。君たちは必要最小限の深さしか掘り返さなかったから、カプセルBに気が付かなかった」

僕は首を振った。

「あり得ない……だって、兄はソメイヨシノの木の前にカプセルを埋めたんだ。僕はそれを聞いたから、ポプラの木の前に埋めた」

「それもまた、お兄さんへの対抗心のなせるわざだったんだろうね。だけど、それこそがさっき言った、『たった一つの小さな偶然』だったんだよ」

「何……？」

「お兄さんがカプセルを埋めた日、騒動があったみたいだね。クラスきってのイケメンがマドンナに告白する、なんて騒動が。クラスの男子たちは、告白の失敗を願っていた」

「それがなんだって……」

「ソメイヨシノの木の下で告白すると、必ず成功する」

僕は唾を飲み込んだ。

「もう分かったでしょう？　その告白したイケメン君もまた、そのジンクスに賭けた。じゃあ、その失敗を願うクラスメイトは何をすればいい？　ソメイヨシノの木の位置を、入れ替えてしまえばいいんだ」

まるっきり阿呆のやることだ。だけど、先ほど校庭でポプラの木とソメイヨシノの木の看板が、不自然に傾いているのを見た。あれは素人の手で抜かれて刺し直されたりしたから、緩くなってしまったのが、今回の工事の振動で傾いてしまったのではないか。

「そして看板が入れ替わった状態で、お兄さんたちはカプセルを埋めた。ソメイヨシノの看板が立った、ポプラの木の前にね。作業中はずっと下を向いているし、木をじっくり観察したとしても、誰かが植物に詳しくなければすぐには気がつかなかっただろう。第一、学校に内緒で埋めてるんだ。すぐにでも作業を終えて退散したかったはずだしね」

その後、イタズラした小学生が看板を元に戻したのだろう。

「そして、兄が埋めたカプセルBの上に、僕らがカプセルAを埋めた……」

「そう。そして、舞台は今から二年前……つまり、君のお兄さんがカプセルを掘り出した時に遡る。

彼らはカプセルAを掘り出した。君はAのカプセルに使うものを選ぶとき、お兄さんが使ったもののイメージがあっただろうから、外見がかぶったのは無理もないことだった。そして『4-2有志』という表記も見分けがつかない。『埋めた位置はこんなに浅かったか？』と疑問に思ったかもしれないが、とにかく彼らは自分たちのカプセルBだと思い、Aを開封した。そして中身を見て、別物だと知ったのさ。この頃には、お兄さんは、看板の取り違えのことも思い至ったんじゃないかな。

彼らはその後掘り進めて、自らのカプセルBを発見、中の物をみんなで分けた。こうして当然のごとく、カプセルBは空になる」

その場で開けたのは不自然かもしれないが、久しぶりに訪れた小学校に高揚する日景の様子や、穴を掘っている時の励ましや会話の楽しさを考えると、やはりその場で開けたくなるだろうと思った。

「さあ、そこでお兄さんの出番だよ。お兄さんは開けてしまったカプセルAを見て、君の物である可能性に思い至り、少し悪戯心《いたずらごころ》が芽生えたんだろうね。何を入れてるか見てやろうとして、中身を見たんだろう」

「うわ、最低」

「まあそう言ってやるなよ。当然の範囲の好奇心だ。ともかく、彼はカプセルAの中身を見て――あることに気付いた。よって、彼はそのあることを君の眼から隠し、君を守るために、Aの存在を隠匿することにした」

「なぜ？」

「なぜか、は最後に回そうか。今は、どうやったかを先に解明するよ。

しかし、ものは他人のタイムカプセルだ。勝手に処分するのは気が重い。だから、彼は二つのカプセルを使って仕掛けを施すことにした。空っぽのカプセルBと、本物のカプセルA。この二つのカプセルを使って、問題解決のヒントはしっかり残しておきながら、真実を知りたくなければ、Bの不思議だけを受け止めて、それで済むようにしておこうとした。

ここまで来れば分かっただろう。君のお兄さんは、六十センチまで掘った穴の中に、カプセルAを先に戻し、穴を埋め、三十センチのところに空っぽのカプセルBを戻した。そうして、穴を元に戻しておいたんだ。つまり、AとBの位置を入れ替えたんだよ。

手順はこうだ。カプセルBの処遇について、仲間には、『このカプセルの中身は全部取り出したし、もういらないだろう。責任を持って自分が処分する』とでも言っておく。次と、みんなの目を盗んで、カプセルAをそっと穴の中に落とし、土をかける。こうして、みんなの眼からAを隠す。『穴を埋め直そう』と提案し、『元の位置に、このカプセルも戻しておいてあげよう。勝手に掘り返したのは内緒だぞ』と言って、カプセルBを見せる。密閉《みっぺい》されていれば、AとBの区別はつかないからね。こうして、みんなで穴を埋め戻しながら、三十センチの位置にBを残し、穴を閉じる。これで、私たちが見つけた時の状況になるんだよ」

僕たちが来た時、穴は既に掘り返されていたし、穴は機械によって掘られた。土の色や掘り返した跡を確認することは出来なかった。そのせいで、この「取り違え」にずっと気付かずにいたのだ。

「さあ、ここまでが『何が起こったのか』の解明だよ」

日景はポケットから何かの紙片を取り出した。僕たちが最初に掘り出されたタイムカプセルから見つけた新聞紙の切れ端だ。

「カプセルの入れ替えに気付いたのはこれが根拠だ。アメリカとロシアの人工衛星が衝突する事故が二〇〇九年の二月十日に起こっている。軍事的な攻撃とかを除くと、人工衛星同士の初の衝突事故だそうだ。

でも雄馬たちがカプセルを埋めたのは十年前の二月、つまり二〇一一年のことだ。すると、包み紙か内側に敷く紙に、二年も前の新聞紙を使ったことになる。あまりに不自然だよ。だとすれば、最初に掘り出されたカプセルは、二〇〇九年に埋められたもの、つまり君のお兄さんの物と考えるべきだ。事故の記事が載ったのは二〇〇九年の二月十二日。『二分の一成人式』は本物の成人式からひと月遅れの第二金曜だから、二〇〇九年は二月十三日になる。ぴたりと符合するね。そこから先は、なぜこうなったかを順に手繰《たぐ》っていけば分かったよ」

日景は新聞記事を見て、携帯をいじっていた。事故のことを調べていたのだろう。僕もあの時、同じ行動を取っていれば真相に気付けたのか。少し悔しくなる。

「実に暗示的だと思わないかい？　二つのカプセルの取り違えというアクシデントを解き明かすのが、二つの衛星の衝突事故の記事とはね」

「……さっき、『カプセルは開けない方がいい』って言ったのは、もう一つのカプセルのことだったんだな。でも、ってことは、その『開けない方がいい理由』っていうのが、兄がカプセルを開けて気付いたこと……カプセルを隠した動機、ってことか？」

日景は重苦しい顔でそっと頷いた。

「だけど……兄は一体何を見たんだ？　誰かの秘密とか、あるいは……」

それに、兄が僕の眼から何かを隠したくてこんなことをしたということが——僕にはまだ信じられなかった。あの無軌道で、自分勝手で、気分屋の兄が、僕のために、そんなことを？

日景は激しく首を振った。

「違うよ雄馬……今の話の流れで、おかしいと思わなかったかい？」

頭の中がざわつくような、とても嫌な感覚だった。

日景はこれまで、何度も警告してくれた。「カプセルは開けない方がいい」。開けなければ、何も知らずに済むから。

何がおかしい、というのか。

僕は一体、何を見落としているというのか。

「どんなものであれ、カプセルAの中に処分したい何かがあったなら、君のお兄さんはそれを処分することが出来たはずなんだよ」

日景がそこまで断定できるのが不思議だった。「どうして」と僕は問い返す。

彼女は僕を見て、静かな声で言った。

「だって、彼はカプセルAを開けているんだから」

僕はガンと頭を殴られた様な衝撃を受けた。

「みんなの前で開けているんだ。そして、取り違えも当然のもの。怪しまれるはずもない。見せてはまずいものがあったなら、その時取り出してしまえばいい。入れ物がないなら、空っぽになったばかりのBの中に詰め込んで、『家に持って帰って処分する』と一言言えば十分だよ。こんなに七面倒くさい、AとBの入れ替えなんてしなくていい」

「じゃあ……」

日景は頷いた。彼女が六角レンチを手に取って、カプセルAを開けようとする。僕はその手を止めて、レンチを彼女の手から受け取った。

「自分でやるよ」

僕の目を見つめて、日景はゆっくりと頷いた。

ボルトを一つ一つ開けながら、不意に、みんなの顔が蘇ってきた。マンプクが、ツヨシが、ミッチが、ナツミンが。そして、あの頃の兄が。僕は兄に対抗心を燃やしてばかりで、無理やり巻き込まれた四人の気持ちなど、顧みようともしてなかった。

パンドラの匣の中身が、僕にも分かった。

最後のボルトが外れる。

カプセルの中身が露《あら》わになった。

マンプクは、しわくちゃの茶封筒に入った手紙とお好み焼き屋のサービス券。ツヨシは、ぴんとした白封筒とサッカークラブの仲間の写真。ミッチは、花柄の可愛らしい封筒と自分で編んだものらしいコースター。ナツミンはシンプルなクローバーの飾りだけが付いた封筒と、ボロボロになった新体操のリボン。

僕のものはなかった。

僕のものだけがなかった。

「存在しないものは、奪い取ることが出来ない」

だから、兄はカプセルAから何も持ち去ることが出来なかったのだ。

僕のプレゼントだけが、カプセルに入っていなかったのだから。

## 8

「嚙み合ってなかったな、って、今となっては思うんだよ」

S小学校を出て、僕と日景は行き慣れた通学路を歩いていた。二つのカプセルは、中沢先生にもらった大きめの紙袋に詰めて出てきた。

「──雄馬は、お兄さんになりたかったんだね」

僕は自嘲気味に笑った。マスクが情けない笑みを隠してくれることを願っていた。

「だから、急ごしらえのメンバーを集めて、タイムカプセルを作りたい、なんて理想だけを押し付けてた」

「雄馬、そいつは自分を卑下しすぎだよ。こういう行事は背中を押してくれる誰かがいないとやらないものだし、さっき見た通り、四人とも結構本気で思い出の品を選んでいるようじゃないか。リボンなんて多分、自分が最初に使っていたやつだよ。ボロボロの物を見て初心を思い出そうってことだろう」

日景はギュッと眉根を寄せた。

「……何も、こんなことしなくていいのに」

「まあ、多分、こう、ウザかったんだろうな。リーダーシップを取ろうとする僕のことが。今になって、客観的に考えるとそう思うよ」

なあ、と僕は口にする。

「僕の、どこかにまだ取ってあると思う？」

日景は申し訳なさそうに目尻をギュッとすぼませ、首を振った。

「……望み薄だと思う。どこか見つからないところに隠したとか、あるいは」

「捨てられた、か」

僕が言うと、日景は小さく頷いた。

「本当に、ひどいことをする」

日景がグッと拳を握り固める。白い肌が、ますます蒼白になるほどに。僕のために彼女が怒ってくれていることが、何よりも僕を救った。

それに。

「いいんだ」

「え？」

日景が目を瞬いた。

「……いいんだよ。十年前の僕が考えてたことなんて、分かってる」

日景はじっと僕を見つめる。

「みんな、始まりの場所に帰って来たいんだよ。四人が自分に宛てたプレゼントを見て思った。マンプクのように、思わぬことで、その場所自体が失われることもあるかもしれない。だけど、思い出は残る。みんなそこに帰りたいんだ。二分の一成人式と、成人式。二つの地点で折り返して、帰って来る」

だけど、と僕は続ける。

「僕は、あの日に帰りたくない」

「どうして？」

「あの日の僕は、兄貴をやっかんでばかりだった。今は違うよ。そんな日の僕に帰りたくない」

それに、君のおかげなんだ、と僕は心の中で続ける。

一つ学年が上がって、君が来て、二歳年が違うから、兄は君に会えなかった。僕が僕だから、君に会えた、そう思えたから。

兄への思いばかりで空回りしていた十歳の時に君にもし会えていたら、なんて仮定には意味がない。僕と君は、あの時出会ったんだ。そして、あの時に救われ、今も救われた。

それで十分だった。

結局、僕も帰りたいのだ。飽きもせずに、同じ所へ。僕を変えてくれた君へ。ただ、みんなとわずかに帰る位置がズレているだけだ。そう思って、自分に呆れてしまう。

日景はふうん、と鼻を鳴らして、くるっと振り返った。

「でもこんなの、随分安っぽい悪意だと思わない？」

「え？」

安っぽい悪意。それが意外な言葉の取り合わせに思えて、僕は間抜けな声を出した。

「だってそうでしょう。十年後も同じ思いでいられるはずがないのにね。どこかで絶対に後悔したはずだよ。捨てたり隠してしまった以上、それは不可逆で元には戻せない。過去の行為は変えられないのに、思いは、簡単に変わる」

僕は唾を飲み込んだ。

「もし、改修工事のことで偶然見つからなかったら、コロナで気軽に集まれない現状がなかったら、どうなっていたんだろうね。みんな雄馬の前に出てこれなかったんじゃないかな。十年前は軽いイタズラのはずだったのに、蓋が開く前に、きっと誰かが罪の重さに耐えかねて――」

「やめよう」

僕は遮った。日景の理知的な瞳を覗きながら、そっと首を振る。

「やめよう。現実にこうやって、僕らが最初に見つけたんだ。だから、いいよ。みんなに連絡を取って、それで、謝るよ。勝手に巻き込んだこと」

「雄馬が謝る必要なんて――」日景は声を荒らげかけたが、彼女はふうと長い息をついて、そっと首を振りながら言う。「……雄馬がそうしたいなら、そうすればいい」

「うん。そうする」

僕が頷くと、日景は小さく「……お人よし」と呟いた。


後日、かつての仲間たちに一人ひとり電話をかけ、カプセルのことを伝えた。やはり、僕のプレゼントを隠したのは四人で結託してやったことのようで、誰も彼もばつが悪そうに話していた。だけど、懐かしい話をして、今何をしているのか話しているうちに、互いにどうでもよくなっていった。

今度は会って話がしたいねと言って、明るく電話を切った。

一方の兄は、成人式の翌日、僕がまだ実家でダラダラしている時に突然テレビ電話をかけてきた。

いい機会なので、開口一番言ってやった。

「余計なお世話だよ、バカ兄貴」

兄貴は目を丸くして、何か抱えていた荷物でも下ろすように、軽く息を吐いた。

「そうか」と言って、兄はニヤニヤと笑った。「――で？　なんかいいことでもあったのか？」

僕は通話を切った。切ってから、思わず笑いだした。

してくれたことは忘れない。

だけどやっぱり、僕はこの兄が嫌いだ。

ところで、成人式の日については、まだ後日談がある。鮮やかなまでの謎解きを終えた日景に対して、僕は言った。

「でも、日景は一つだけ間違ってるよ」

日景は不思議そうに目を瞬く。

「『十年も同じ思いでいられるはずがない』ってところ。変わらないものだってきっとあるはずだ」

「本当にそうかな？」日景は目尻を細めて、からかうような声音で言った。「雄馬の兄に対する思いだって、時間の中で変わっているはずだ。それに、君は十年の間、本当に一度も移り気がなかったのかな？」

「すみません、生意気言いました」

敵わないな、と思いながら後頭部を掻く。きっと、僕が何を言おうとしているかなんて全てお見通しなのだろう。僕もそれが分かったうえで、彼女の掌の上で転がされている。

「じゃあ、言い方を変えるよ」

「どうぞ」

「今の話をしたい」

「うん、いいね」日景は大きく頷いた。「さっきより、真剣に聞いてあげる気になったよ」

本当に、彼女には敵わない。

十年。その長い月日と、二つの成人式を繋いだタイムカプセル。あそこに閉じ込めた思いがあって、開けて蘇るものがあった。開けない方が良かったのかもしれない。パンドラの匣だったのかもしれない。だけど、過去の僕と兄を見つめられてよかった。兄のことを知れてよかった。みんなのことを知れてよかった。

謎を解き明かしたことで、何かが決定的に変わったわけではないのかもしれない。悪意も善意も風化して、ただ間抜けな空っぽのタイムカプセルだけが、僕らの目の前に口を開いていただけだ。

それでも、これだけは言える。

カプセルを開いた時、隣にいたのが、日景で良かった。

（了）

# 「この世界には間違いが七つある」

芦沢《あしざわ》　央《よう》

**芦沢　央**（あしざわ・よう）

１９８４年東京都生まれ。２０１２年『罪の余白』で野性時代フロンティア文学賞を受賞しデビュー。主な著書に『許されようとは思いません』『火のないところに煙は』『僕の神さま』など。最新作の『汚れた手をそこで拭かない』が第１６４回直木三十五賞候補作となる。

突然太腿《ふともも》の上に降ってきた強い衝撃で、目が覚めた。

フローリングの床に直《じか》に横たえていた身体を跳ね起こそうとして、それができないことに気づく。

私の上には、キララさんが倒れ込んでいた。

ウェーブのかかった栗色の髪、ローズピンクのシンプルなワンピース、ブルーグリーンの大粒ビーズネックレス——目に痛いほどの華やかな色が、私の下半身を覆い隠している。

「キララさん？」

喉《のど》から、かすれた声が漏れた。

キララさんは動かない。完全に脱力しきった身体は、これまで彼女に対して抱いていた印象よりも遥かに重い。

部屋の中で、悲鳴が上がった。

「キララさん！」

裏返った声で叫んだのは、この部屋で最高齢の真千子《まちこ》さんだった。

高く結い上げたシルバーグレーの髪、真紅のロングコート、長いまつげがバサバサと上下し、これまで常に笑顔の形で保たれていた唇《くちびる》は細かくわなないている。

私は下敷きになった足を何とか引き抜き、キララさんの顔を覗き込んで、息を呑んだ。

──血。

彼女の額から、鮮血が二筋流れている。

「……死んでる」

真横から、真千子さんの「旦那さん」である孝介《こうすけ》さんがつぶやく声が聞こえた。

白い上下のスーツに白い帽子を合わせた孝介さんは、白い口髭をぶるぶると震わせている。

その見開かれた目が私の背後へと動くのにつられて振り向くと、そこには、この数秒の間に予想していた光景があった。

肩で息をしながら、手に持ったワインボトルを見下ろしているワイシャツ姿の田中《たなか》さん

──ワインが六割ほど入ったボトルのラベルには、血がべったりとついている。

「田中さん、どうして……」

孝介さんの腕にしがみついた真千子さんが、言葉を詰まらせた。

私はその声を聞いて、自分が先ほど脚に受けた衝撃ほどには驚いていないことを自覚する。

——ああ、そうだ。

私はどこかで、こうなるのを予感していた。

いつも和《なご》やかにテーブルを挟み、キララさんと談笑していた田中さんは、このところひどく機嫌が悪かった。苛立ちを周囲に思い知らせようとするかのように、一つ一つの動作で大きな音を立て、舌打ちや貧乏揺すりを繰り返す。キララさんに当たることも増え、それはほとんどの場合激しい口論に発展した。

口論の内容は、いつもくだらないことだった。キララさんの笑顔が気に入らないと難癖をつけたり、おまえにはもう飽きたと言い放ったり——結局のところ、田中さんはこの変わり映えのない日常に倦《う》んでいたのだろう。それで、最も身近な存在であるキララさんに八つ当たりしていただけだ。

相手に当たったところで解決できるわけでもなく、ただこの空間の空気が悪くなるだけなのは明白なのに、堪《こら》え性もなく頭に浮かんだ言葉をそのまま吐き出す田中さんにはみんな閉口していた。

だが、キララさんが他の女性に代わることができないように、田中さんをこの部屋から追い出すこともできない。

私たちはみな、この部屋からは出られないのだ。

私は、この人数で過ごすには狭すぎる十畳ほどの空間を見渡す。テーブルが一つ、椅子が二脚、壁には花の絵が飾られていて、天井からは赤、青、緑のペンダントライトが吊り下がっている。テーブルの上には、サラダが二つとドリア、目玉焼きハンバーグとパスタ、ワイングラスの一つは満杯で、もう一つは七割ほどまで減っている。カトラリーはフォークが三本、ナイフが二本、スプーンが一本。奥にはノブのないドアと四つ窓——そこから見える外は雪景色で、煙突のある家と頂上に雪をかぶった二こぶの山がある。右端に置かれた暖炉には一定の大きさの火があって、薪《たきぎ》が乱れずに並んでいる。

もはや、目を閉じても正確に思い描ける光景だった。それぞれの物が、どの位置にどの角度で置かれているかまで。

——なぜ、こんなことになったのだろう。

私は、嫌になるほど繰り返し考えてきたことを思う。

私がこの部屋に連れて来られたのは、もう随分前——正確な月日は見当もつかない。ここにはカレンダーも時計も朝も昼も、移り変わる季節もないのだから——それでも当初は、たしかに希望があった。

〈マスター〉が扉を開けると、「ゲーム」が始まる。

私たちに課されたルールはシンプルだ。

見られている間は、決して身動きをしてはならない。

決められた位置で同じ体勢と表情を保つこと、ただそれだけだ。

いつまで続くのかわからない時間、まばたきも禁じられて固まっていなければならないしんどさ、ミスをすれば処分されるという恐怖はあったが、それでも私たちはいつも張り切って参加していた。きちんとルールを守ることができれば、必ず「成功報酬」がもらえたからだ。

　ここにいる五人は、これまで一度もミスをしてこなかった。

正しく、ルールを守って、与えられた役割を果たしてきた。

だが、次第にゲームが開催される間隔は開いていった。前にゲームが行われたのはいつだったか――すぐには思い出せないほど過去のことであるのはたしかだ。

〈マスター〉が私たちに飽きているのは明らかだった。

　時折、気まぐれにゲームが始まることはあるものの、私たちの一挙手一投足を見逃すまいと向けられていた鋭い視線は、もうない。

　今〈マスター〉の興味が向いているのは、参加者たちが互いに殺し合いをするというゲームのようだった。生と死の間にいる人間たちの、切迫した暴力と心理戦。私たちだってミスをすれば処分をされる以上、命を賭けていることは変わらない。だが、それでも目まぐるしい戦いが繰り広げられるそうしたゲーム以上の刺激とスリルを提供できるわけではなかった。

〈マスター〉は私たちをもてあましている。そう認識するようになるまで、それほど時間はかからなかった。

実際のところ〈マスター〉はいつでも私たちを処分することができるのだ。

そうせずに、こうして私たちを生き長らえさせているのは、私たちにまだ期待している部分があるからでも、良心が咎《とが》めるからでもなく、ただ処分するほどのきっかけがないだけなのだろう。

だから、こうして生殺しのような状態で放置されている。出番さえ与えられないまま、ひたすら待機する時間ばかりが続いている。当然「成功報酬」も得られない。

ゲームを変えてしまったらどうか、と何度か五人で話し合ったことがある。

〈マスター〉が私たちに飽きているのだとしても、ゲームの内容に変化があれば、また興味を持ってもらえるのではないか——だが、話し合いの結果は、いつも平行線に終わった。

田中さんとキララさんは変えようと言い、孝介さんと私は難色を示す。真千子さんは日によって賛成に回ったり反対に回ったりと立場を変えたが、賛成が半数を超えても、話がそれ以上具体化することはなかった。

なぜなら、そもそも私たちには勝手にゲームを変えることなど許されていないからだ。

それでも、もしかしたら〈マスター〉が新たな楽しみを見出してくれるかもしれないと一縷《いちる》の望みを抱いてゲームを変えるとしたら、大きなリスクを伴うことになる。

変わらなければ緩やかな死を待つだけだが、勝手な変化を起こせば〈マスター〉の逆鱗《げきりん》に触れる可能性がある。みすみす寿命を短くしかねない決断は、さすがに全員の賛成がなければできるはずがなかった。

結局私たちは、日常を守ることを選んできた。

次のゲームが始まる日が来ようと来まいと、ゲームの舞台となるこの空間を保ち続ける。

――しかし、田中さんは、それを一人で勝手に破ったのだ。

「どうする」

低く、這《は》うような声で田中さんがつぶやいた。

「どうするって、あなた……」

真千子さんが困惑をあらわに視線をさまよわせる。その視線の先が倒れたキララさんを捉《とら》え、慌てたように逸《そ》らされた。

「どうする」

田中さんは同じ言葉を、今度は強い声音で繰り返す。

私の中に失望が広がった。やはり、この男は何の考えも見通しも持たずにこんなことをしたのだ。

どうすると言われても、どうしようもない。

死んだ人間を生き返らせることはできない。

参加者が参加者を殺す――奇《く》しくも、今〈マスター〉が夢中になっている新しいゲームと同じ構図が生まれたわけだが、こんなものを〈マスター〉が認めてくれるはずがなかった。

これでは、ただの模倣にすぎない。しかも、その最も刺激的な殺害の瞬間は、〈マスター〉が見ていないところで行われてしまった。

再び〈マスター〉がここを覗く日が来るかはわからない。だが、もしマスターが私たちの処分を決めたら、最後に一度だけ、中の様子を確認する可能性はあるだろう。その最後のチャンスを生かせるかどうか――そこまで考えて、私はハッと顔を上げる。

――〈マスター〉が見ていないところで殺人が行われたからこそ、できることがあるのではないか。

たとえば、誰が殺したのかを当てるゲームにする。

〈マスター〉は殺されたキララさんを見て、誰がやったんだと激昂《げきこう》するだろう。そして、私たちを注意深く見る。どこかに証拠が残っていないか。犯人を示す手がかりはないか

――それは、ある意味で殺害の瞬間を目撃すること以上に刺激的なのではないか。

私は室内を見渡す。死体を囲んで立ち尽くしている三人を見比べる。

だが、すぐに期待は失望に変わった。

非力な私にはこんな死体を作り上げることができない。田中さん、孝介さん、真千子さんの三人には実現可能だが、逆にそこから犯人を絞り込ませることが難しい。

田中さんのワイシャツに血をつける？――一目瞭然すぎて面白くない。犯人以外の人間にはアリバイがあったことにする？――私たちの声を〈マスター〉に届ける方法がない以上、アリバイを伝えることができない。動機についても同様だ。

私は手を口元に押し当てた。

どうしよう、どうすればいい――

焦りで視界が狭くなる。たしかなことは、ただ〈マスター〉を失望させてはならないということだけだった。

やはり、犯人を当てるゲームに変えるのはリスクが高い。私たちは〈マスター〉に対し、新しいルールの説明をすることもできないのだから。〈マスター〉が意図を汲み取ってくれなければ、それで終わりだ。だとすると、最も成功する可能性があるのは、今までのゲームのルールに則《のっと》った上でこの空間に秩序を持たせること――

「私たちは、秩序を取り戻さなければならない」

私の声に、三人の身体がピクリと揺れた。

「秩序……」

「秩序を取り戻す」

「取り戻さなければならない」

それぞれが、噛みしめるようにつぶやく。私は短くうなずいた。

「辻褄《つじつま》を合わせるんです」

「どうやって」

田中さんが鼻を鳴らした。その自らの言葉に引きずられるように、表情に投げやりな色が滲《にじ》む。

これはまずいかもしれないな、と私は思った。

このまま自棄《やけ》になったら、すべてをぶち壊そうとしかねない。どうせ秩序を取り戻せないのなら、他のものを守ったところで無駄だと――私たちも殺して自分も死ぬ。そんな最悪な想像が浮かんで、ゾッとする。

「辻褄なんて合うわけがないだろ。どうすんだよ、こいつもう死んでんだよ。無理やり椅子に座らせて縛りつけておくのか？」

「どうすんだよって、君が……」

「たとえ姿勢を固定できたとしても、もうこれまでと同じ表情を作らせることはできないから無意味でしょうね」

私たちに定められたルールは、決められた位置で同じ体勢と表情を保つこと。

私は、床に倒れたままのキララさんの傍らに膝をついた。孝介さんに助けてもらいながら死体を持ち上げ、彼女がいつも座っていた椅子に座らせる。髪の毛の乱れを調整して額の傷と血を隠し、テーブルに突っ伏させた。

――これで、一見すれば飲みすぎて眠ってしまった人に見えなくもない。

変化は一目瞭然だ。だが、舞台を変えた上で、もう一つのルールを守ることはできる。

私たちは、見られている間は、決して身動きをしてはならない。

ここから間違いを正していくことが、今の私たちに選べる最善なのだ。

私は目をつむり、室内の光景を思い浮かべた。

壁に飾られた花の絵、天井から吊り下がったペンダントライト、田中さんのワイングラスとフォーク、窓の外に見える家の煙突、雪をかぶった二こぶの山――

「ワインの量を揃えましょう」

私は目を開け、腹に力を込めて宣言した。

「それが一番手っ取り早いはずです」

私を見据えた田中さんの目が、にやりと細められる。

「そうだな、それがいい」

田中さんはテーブルへと歩み寄ると、赤ワインが満杯に入った自分のワイングラスを手に取った。優雅とも言える動きで口をつけ、ゆっくりと傾ける。

喉仏が、蠢《うごめ》く虫のように上下した。

「あ、ちょっと！」

真千子さんが慌てた声を出し、その声に弾《はじ》かれたようにグラスの傾きが大きくなる。

パッ、と田中さんがグラスをテーブルに戻し、上唇についたワインを手の甲で拭《ぬぐ》った瞬間、

「あ！」

孝介さんが大きな声を出した。

田中さんが肩をびくりと揺らす。

「え？」

「田中さん、飲みすぎですよ」

グラスの中の赤ワインは、半分以下に減っていた。

田中さんが、愕然《がくぜん》と目を見開く。

落ちた沈黙を破ったのは、真千子さんだった。

「もう、何やってるのよ！」

真千子さんは、白い唾を飛ばしながら金切り声で田中さんを罵る。

「これじゃ台無しじゃない。せっかく何とかなるところだったのに」

「どうしてもっと慎重にやらないんだ」

孝介さんも咎める口調で田中さんに詰め寄る。

田中さんは唇を開いて閉じ、うつむいた。その耳が、急速に赤くなっていく。

——まずい。

「君のせいでこんなことになったのに、また君が……」

「うるせえ！」

田中さんが非難の声を薙《な》ぎ払うようにワインボトルを振り回して怒鳴った。

「おまえが途中で声なんて出すから手元が狂ったんだろうが！」

ワインボトルを剣のように構え、先を真千子さんに向ける。

部屋の空気が張り詰め、真千子さんの顔面が蒼白になった。

「いいか、俺はどっちだっていいんだよ」

田中さんが唇の端を歪《ゆが》める。

「おまえらを殺したところで、俺はもう失うものなんかないんだ。どっちにしろ、このままじゃ全員処分される」

「田中さん」

「ああ、そうだ、そのときが来るまで一人で過ごすのも悪くないな」

「ごめんなさい！」

真千子さんが震え上がりながら悲鳴のような声を出した。

「やめて、殺さないで……」

華奢な身体を縮める真千子さんを、田中さんが愉快そうに見下ろす。

「さっきまでの威勢はどうしたよ」

「ごめんなさい……あの、何でもするから」

「何でも？」

田中さんの目が光った。

「今、何でもするって言ったな」

ちらりと、その目が私を見る。

嫌な予感がした。

——この男は、私を殺そうとしている。

笑顔の形に引きつったままの私の頰が、ぴくりと揺れる。

——いや、真千子さんに殺させようとしているのだ。

自分で殺すこともできるのに、あえて他者の手を汚させようとするのは、共犯者を作るためなのだろう。この狭い空間の中で、殺人者が一人だけなら、たとえ次のゲームが始まらなくて日常が続いたとしても、田中さんの立場は悪くなる。密室に殺人者がいることに堪えられなくなった人間が、田中さんが眠っている隙に拘束しようと考えないとも限らない。

だが、もう一人、しかも孝介さんという味方がいる真千子さんの手を汚させることができれば、田中さんだけを拘束することは道理に合わなくなる。

「おい、真千子には手を出すな」

孝介さんが慌てたように二人の間に割って入った。

田中さんが白けた顔になる。

「何だおまえ、マジで旦那気取りかよ」

孝介さんが心のシャッターを閉めるように表情をなくした。

「すげえよな、勝手に老夫婦っていう役割を与えられただけなのに、そこまで忠実になりきれるなんてよ。俺なんか無理だぜ。あの女と恋人でいなきゃいけないなんて虫唾《むしず》が走る」

田中さんは、突っ伏したままのキララさんを顎《あご》で示す。

「そりゃひと月くらいは悪くなかったけどさ、それにしたってこんなに延々、狭い部屋に閉じ込められて顔を突き合わせてれば嫌にもなるだろ」

真千子さんは、田中さんの言葉に共感するところがあったのか、気まずそうに顔を伏せた。

「ていうか、こいつキララって名前がいいって言うからそう呼んでやってたけど、キララって柄《がら》かよ」

そう、ここにおける呼び名は、それぞれ自身が決めたものだった。キララに真千子に孝介に田中——田中さんに至っては、別に必要ないという理由で下の名前すらない。

ただ、私の「ケリー」という名前だけは別だった。

私の名は、〈マスター〉が直々《じきじき》につけてくれたのだ。

「まあ、そんなことはいいとして、今はこの状況をどうするかだ」

田中さんは、少なくとも数年以上恋人同士として暮らしてきたキララさんの死をあっさりとそう片づけると、芝居がかった仕草で手を叩き合わせた。

その視線が室内を探るように動くのを見て、私は咄嗟《とっさ》に、

「私に考えがあります」

と口にする。

「考え？」

真千子さんが怯えた声のまま聞き返してきた。

私は、ええ、とうなずいてみせる。

「減りすぎたワインを嵩増《かさま》しする方法です」

テーブルに近づき、ワイングラスを指した。

「このグラスには、ちょうどぴったり半分のワインが注《つ》がれているように見えなければならない。けれど、ここにあるワインはもう一つのグラスのものと、ボトルの中のものだけで、どちらも量を減らすわけにはいかない。他の水分を足して嵩増しすることはできても、色が変わってしまったら意味がない」

「だったらどうしたら……」

「血ですよ」

私は、真千子さんを見据える。

「グラスの中に、足りない分の血を入れれば、見た目は正しくなる」

なるほどな、と田中さんが薄ら笑った。

「まあ、どうせ飲むわけじゃないしな」

その声に、もしかしたら田中さんがワインを飲んだのは、秩序を取り戻すためだけではなく、単にこのワインを飲んでみたかっただけかもしれないな、と思う。

私たちは、テーブルに広げられた食事もワインも口にすることを許されていなかった。いつも自分用のワイングラスを目の前に置かれていた田中さんが、一度飲んでみたいと思っていたとしてもおかしくはない。

「でも、血だなんて、一体どこから……」

「いくらでもあるじゃないですか」

私は言いながら、伏したままのキララさんを手で示した。

つい先ほど、私たちの目の前で血を流したばかりの死体。

あ、と真千子さんが口を両手で押さえる。

「でも、そんな酷いこと……」

言葉は、内容ほどに躊躇《ためら》う響きを伴っていなかった。その目は、それが一番いいのかもしれないと、告げている。それが——今となっては、一番手っ取り早いのだと。

「幸い、ここにはナイフがある」

田中さんはテーブルの上のナイフを手に取った。

「足の辺りを少し切るだけなら、前からは見えないだろ」

言い終わるが早いか、すばやくキララさんの横にしゃがみ込み、ワンピースの裾をたくし上げて刃を当てる。

死体を傷つけるという行為よりも、ちらりと覗いた白い太腿の方におぞましさと罪悪感を覚えて、私は顔をしかめた。

「切りづらいなこれ」

田中さんは舌打ち混じりにひとりごちながら、のこぎりのようにナイフを前後に動かしていく。

しばらくして、よし、と顔を上げた。

「おい、グラスを持ってこい」

怒鳴られた真千子さんが、飛びつくようにグラスをつかむ。田中さんにうかがう視線を向けながらそろそろと手渡すと、田中さんは荒い手つきで受け取った。

全員で、滴《したた》る血がグラスに集められていくのを見守る形になる。

キララさんの血は、生きている人間のそれのように美しい赤をしていた。

なぜだか、目を逸らすことができなくて、そんな自分に戸惑いを覚える。

私も、本当はこの日常に倦んでいたのだろうか。

「こんなもんか」

田中さんは、汚れたグラスの口をキララさんのワンピースの裾で拭うと立ち上がった。

カン、と涼やかな音を立ててグラスがテーブルに置かれる。

よく見れば指紋だらけで汚いが、離れたところから見ればグラスにちょうど半分ワインが入っているようにしか見えないはずだ。

私たちは、顔を見合わせる。

なぜだか、奇妙な達成感があった。

考えてみれば、こんなふうにみんなで「何か」をするのは、前回のゲーム以来、かなり久しぶりのことだ。ここ数ヵ月は、話し合いをすることもなくなっていた。

「これで、何とかなるかしら」

真千子さんが、なるはずだと自分に言い聞かせるような声音で言った。

「ああ」

孝介さんが、真千子さんの肩を抱いてうなずく。

「私たちは、この状況で選びうる精一杯のことをしたんだ。どういう結果になろうと、後悔だけはしないで済むだろう」

「〈マスター〉だって意外と喜んでくれるんじゃねえの」

田中さんが、歯を見せて笑った。

私も、ホッと胸を撫で下ろす。私は、田中さんのように楽観的に考えることはできない。けれど、少なくとも、私に矛先が向くことは回避できた。たとえこれで〈マスター〉によって全員が処分されることになったとしても、最期まで私は私でいられる――

「じゃあ、とりあえず出番に備えて点検をするか」

孝介さんが晴れやかに言った。

「ええ、そうね。いろいろと乱れていそうだから、丁寧に確認しないと」

真千子さんも声に張りをみせて所定の位置へ向かう。

誰も、本当に出番なんて来るのかと言葉を挟む人間はいなかった。

その日が、いつ来るのかはわからない。今日なのか明日なのか――それとも、もう二度と来ないのか。

それでも私たちは、自分たちが新たに用意した舞台を整える。

私は自分の全身をチェックしてから、最も難易度が高いテーブルの上を調整している田中さんを手伝うことにした。

料理とカトラリーを決められた位置へと戻し、テーブルの端に置かれたワインボトルに手を伸ばし――その瞬間、ぎくりと全身が強張る。

そのまま動けずにいると、田中さんが怪訝《けげん》そうに顔を上げた。

「どうした、何をして……」

田中さんが、ワインボトルを見て目を見開く。

ボトルのラベルには、血がついてしまっていた。

描かれた絵をかき消すほどにくっきりと、大きく広がった染み。

「どうしたの？」

こちらの異変に気づいたらしい真千子さんがテーブルの前まで来て、私と田中さんの間にあるワインボトルに目を向ける。

「あ」

「そんな……」

遅れて並んだ孝介さんは愕然とした声を出したが、私は声が出せなかった。

そうだ、たしかに私はさっき見たはずではないか。

キララさんが殺されたことを認識した直後、目にした光景——田中さんが手に持っていたワインボトルのラベルについた血。

「……拭き取れない」

田中さんが絞り出すような声でつぶやいた。

再び、沈黙が落ちる。

——これでまた、振り出しに戻った。

いや、振り出しよりも悪い。

もはや、私たちに選べる最善はこの方法しかないのだから。

——一体、何が間違っていたのだろう。

つい浮かべたその言葉の皮肉さに、自嘲する。

田中さんと真千子さんと孝介さんは、黙ったままワインボトルを見つめ続けていた。

迷っているのだろう、と私は思う。何とかして秩序を築き直そうと考えているのか。それとも、もうゲームが始まることはないという可能性に賭けて、この間違った世界の中で最期まで過ごすのか。

たとえ彼らがどんな決断を下したとしても、受け入れるしかないのだろうという気がした。それしか、もう秩序を正す方法がない。

なぜなら、私自身が間違いなのだから。

いがあるよ!　どこかな?

みぎ

# ひだりの絵《え》には7《なな》つまちが

ひだり

そのとき、ふいに、世界が大きく揺れた。

私たちは反射的に所定の位置へと駆け出す。

それはもはや本能に近い動きだった。気が遠くなるほど繰り返してきた動き——私たちの「非日常」が始まる合図。

瞬《また》く間にそれぞれが所定の位置についた。

「笑いなさい！」

孝介さんが声を張る。

私の正面にいる田中さんの頬が、引きつるように持ち上がる。

「もっと！」

唇が吊り上がり、目が糸のようになる。

私もまた、楽しげな表情をしているのだろうな、と思った。この顔を作るのは、何ヵ月ぶりか。

どうしようもない状況なのに、それでも心の中に喜びがあるのが不思議だった。

また、〈マスター〉が私たちを見てくれる。

待ちに待ったゲームが始まる。

〈マスター〉は、変わってしまったこの世界を見て、何を思うだろう。楽しいと——そう思ってくれるだろうか。

これまで、田中さんやキララさんがいくらそう主張しても、そんなはずはないとしか思えなかったのに、もしかしたら、それもあり得るのかもしれないという気がした。

〈マスター〉はきっと、また目を輝かせて、私たちの隅々にまで、注意を向けてくれる。

私たちがミスをせず、きちんと役割を果たせれば、「成功報酬」をくれる。

そこまで考えて、私はようやく、なぜ自分が田中さんたちの意見を受け入れられなかったのかを理解した。

私はずっと、自分が特別な存在であることに誇りを持っていた。

〈マスター〉の視線が素通りせず、私を目にした瞬間に喜びをあらわにしてくれることに。

その愛らしい声を聞くたびに、私は自分がこの世界においてなくてはならない存在なのだと、信じることができた。

だが、だからこそ、私はやらなければならないのだ。

〈マスター〉をがっかりさせることだけは、あってはならない。

壁に飾られた花の絵。

天井から吊り下がったペンダントライト。

田中さんのワイングラス。

手の中のフォーク。

窓の外に見える家の煙突。

頂上に雪をかぶった二こぶの山。

そして——正しい世界には存在しない、クマのぬいぐるみ。


この世界には、間違いが七つある。


これが、他の人だったらこうはいかないだろう、と思うと、この岐路に立たされるのが自分でよかったのだと思った。

私は、よく燃える。

他の人間たちは、暖炉に入るには大きすぎるし、燃やしても骨が残るが、私は、完全に、最初から存在しなかったように消えることができる。

今この瞬間、私だけが、私たちの「非日常」を——そして〈マスター〉の「日常」を守ることができる。

私は、自分が最期に正しい選択ができたことを誇りに思いながら、炎に向かって身を投げた。

＊

「ママーこれなに？」

〈マスター〉よりもわずかに高い声が、急激に明るくなった世界に降り注いだ。

「ああ、それ？　昔お兄ちゃんが遊んでいた間違い探しよ――あら、こんな絵だったかしら？」

〈マスターのお母さん〉が怪訝そうな声を出す。

ぐらり、と再び世界が揺れた。愛らしく輝いた目が、世界にぐっと近づく。

「ねえ、ぼくやってみたい！」

消えゆく意識の中で、私は光のように温かな――何よりも欲しかった「成功報酬」を手に入れた。

# いがあるよ！　どこかな？

みぎ

# ひだりの絵《え》には7《なな》つまちが

ひだり

（了）

挿絵＝あきんこ

初出
「小説現代」２０２1年2月号
特集「非日常の謎」掲載

〈著者紹介〉
芦沢《あしざわ》 央《よう》／阿津川《あつかわ》辰海《たつみ》／木元《きもと》哉多《かなた》／城平《しろだいら》 京《きょう》／辻堂《つじどう》ゆめ／凪良《なぎら》ゆう

# 非日常《ひにちじょう》の謎《なぞ》

ミステリアンソロジー

2021年3月12日　第1刷発行　　定価はカバーに表示してあります

著者……………………芦沢《あしざわ》 央《よう》　阿津川《あつかわ》辰海《たつみ》　木元《きもと》哉多《かなた》
城平《しろだいら》 京《きょう》　辻堂《つじどう》ゆめ　凪良《なぎら》ゆう
©You Ashizawa ©Tatsumi Atsukawa ©Kanata Kimoto
©Kyo Shirodaira ©Yume Tsujido ©Yuu Nagira
2021, Printed in Japan
発行者……………………渡瀬昌彦
発行所……………………株式会社 講談社
〒112-8001 東京都文京区音羽2-12-21
編集03-5395-3510
販売03-5395-5817
業務03-5395-3615

本文データ制作…………講談社デジタル製作
印刷………………………豊国印刷株式会社
製本………………………株式会社国宝社
カバー印刷………………株式会社新藤慶昌堂
装丁フォーマット………ムシカゴグラフィクス
本文フォーマット………next door design

落丁本・乱丁本は購入書店名を明記のうえ、小社業務あてにお送りください。送料小社負担にてお取り替えいたします。

なお、この本についてのお問い合わせは講談社文庫あてにお願いいたします。

本書のコピー、スキャン、デジタル化等の無断複製は著作権法上での例外を除き禁じられています。本書を代行業者等の第三者に依頼してスキャンやデジタル化することはたとえ個人や家庭内の利用でも著作権法違反です。


ISBN978-4-06-522823-4　N.D.C.913　242p　15cm

講談社
タイガ

# 阿津川辰海

## 紅蓮館の殺人

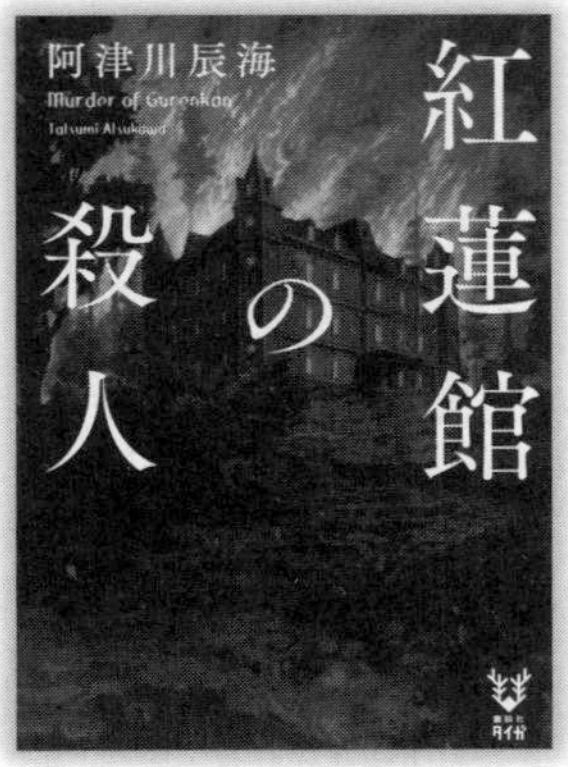


イラスト
緒賀岳志

山中に隠棲《いんせい》した文豪に会うため、高校の合宿をぬけ出した僕と友人の葛《かつら》城《ぎ》は、落雷による山火事に遭遇。救助を待つうち、館に住むつばさと仲良くなる。だが翌朝、吊《つ》り天井で圧死した彼女が発見された。これは事故か、殺人か。葛城は真相を推理しようとするが、住人と他の避難者は脱出を優先するべきだと語り――。

タイムリミットは35時間。生存と真実、選ぶべきはどっちだ。

講談社タイガ

闇魔堂沙羅の推理奇譚シリーズ

木元哉多

# 閻魔堂沙羅の推理奇譚

イラスト
望月けい

俺を殺した犯人は誰だ？　現世に未練を残した人間の前に現われる閻魔《えんま》大王の娘——沙羅《さら》。赤いマントをまとった美少女は、生き返りたいという人間の願いに応じて、あるゲームを持ちかける。自分の命を奪った殺人犯を推理することができれば蘇り、わからなければ地獄行き。犯人特定の鍵は、死ぬ寸前の僅かな記憶と己の頭脳のみ。生と死を賭けた霊界の推理ゲームが幕を開ける——。

講談社タイガ

閻魔堂沙羅の推理奇譚シリーズ

木元哉多

# 閻魔堂沙羅の推理奇譚
## 負け犬たちの密室

イラスト
望月けい

「閻魔堂《えんまどう》へようこそ」。閻魔大王の娘・沙羅《さら》を名乗る美少女は浦《うら》田《た》に語りかける。元甲子園投手の彼は、別荘内で何者かにボトルシップで撲殺され、現場は密室化、犯人はいまだ不明だという。容疑者はかつて甲子園で共に戦ったが、今はうだつのあがらない負け犬たち。誰が俺を殺した？　犯人を指摘できなければ地獄行き⁉　浦田は現世への蘇りを賭けた霊界の推理ゲームへ挑む！

講談社タイガ

閻魔堂沙羅の推理奇譚シリーズ

木元哉多

## 閻魔堂沙羅の推理奇譚

### 業火のワイダニット

イラスト
望月けい

「僕を殺したのは、たった一人の友だちなのか？」天涯孤独の土《つち》田《だ》は大学受験を前に、友人の夏目《なつめ》の家で焼死した。夏目は酷薄で人を殺してもおかしくない人間だ。僕には生きる目的もないし死んでやってもいい。でも、僕を殺した理由はなんだ？　死亡した土田の前に現れたのは、閻魔大王の娘・沙羅《さら》だった。今回の謎はワイダニット《なぜ殺したか》。もう一度友人と話すため、霊界の推理ゲーム開廷！

講談社タイガ

虚構推理シリーズ

城平 京

## 虚構推理

イラスト
片瀬茶柴

巨大な鉄骨を手に街を徘徊《はいかい》するアイドルの都市伝説、鋼人七瀬《こうじんななせ》。人の身ながら、妖怪からもめ事の仲裁や解決を頼まれる『知恵の神』となった岩永琴子《いわながことこ》と、とある妖怪の肉を食べたことにより、異能の力を手に入れた大学生の九郎《くろう》が、この怪異に立ち向かう。その方法とは、合理的な虚構の推理で都市伝説を滅する荒技で⁉
驚きたければこれを読め——本格ミステリ大賞受賞の傑作推理！

講談社タイガ

虚構推理シリーズ

城平 京

## 虚構推理短編集
岩永琴子の出現

イラスト
片瀬茶柴

妖怪から相談を受ける『知恵の神』岩永琴子《いわながことこ》を呼び出したのは、何百年と生きた水神の大蛇。その悩みは、自身が棲まう沼に他殺死体を捨てた犯人の動機だった。――「ヌシの大蛇は聞いていた」

山奥で化け狸が作るうどんを食したため、意図せずアリバイが成立してしまった殺人犯に、嘘の真実を創《つく》れ。――「幻の自販機」

真実よりも美しい、虚《うつ》ろな推理を弄ぶ、虚構の推理ここに帰還！

講談社タイガ

虚構推理シリーズ

城平京

## 虚構推理
スリーピング・マーダー

イラスト
片瀬茶柴

「二十三年前、私は妖狐《ようこ》と取引し、妻を殺してもらったのだよ」妖怪と人間の調停役として怪異事件を解決してきた岩永《いわなが》琴《こと》子《こ》は、大富豪の老人に告白される。彼の依頼は親族に自身が殺人犯であると認めさせること。だが妖狐の力を借りた老人にはアリバイが！ 琴子はいかにして、妖怪の存在を伏せたまま、富豪一族に嘘の真実を推理させるのか!?　虚実が反転する衝撃ミステリ最新長編！

講談社タイガ

# 藤石波矢&辻堂ゆめ

## 昨夜《さくや》は殺《や》れたかも

イラスト
けーしん

平凡なサラリーマン・藤堂光弘《ふじとうみつひろ》。夫を愛する専業主婦・藤堂咲奈《さきな》。二人は誰もが羨《うらや》む幸せな夫婦……のはずだった。あの日までは。光弘は気づいてしまった。妻の不貞に。咲奈は気づいてしまった。夫の裏の顔に。彼らは表面上は仲のいい夫婦の仮面を被ったまま、互いの殺害計画を練りはじめる。気鋭の著者二人が夫と妻の視点を競作する、愛と笑いとトリックに満ちた〝殺し愛〟の幕が開く！

講談社
タイガ

藤石波矢

神様のスイッチ

イラスト
Tamaki

同棲《とうせい》相手との未来に迷うフリーター、街を警らする女性警察官、恋に悩む大学生小説家に、駆け出しやくざや、八方美人の会社員。父娘の隔絶から麻薬強奪事件まで、この街は事件で満ちている！すれ違う彼らが起こす些細《ささい》な波紋と、生じる驚きのドミノ倒し。神様が押すのは偶然という名の奇跡のスイッチ。気がつかないだけで、誰もが物語の主人公だ。大都市を疾駆する一夜限りの物語！

講談社タイガ

凪良ゆう

# 神さまのビオトープ

イラスト
東久世

うる波《は》は、事故死した夫「鹿野《かの》くん」の幽霊と一緒に暮らしている。彼の存在は秘密にしていたが、大学の後輩で恋人どうしの佐々《ささ》と千花《ちか》に知られてしまう。うる波が事実を打ち明けて程なく佐々は不審な死を遂げる。遺された千花が秘匿するある事情とは？機械の親友を持つ少年、小さな子どもを一途に愛する青年など、密やかな愛情がこぼれ落ちる瞬間をとらえた四編の救済の物語。

講談社タイガ

東川篤哉　一肇　古野まほろ
青崎有吾　周木 律　澤村伊智

# 謎の館へようこそ　白

新本格30周年記念アンソロジー

イラスト
植田たてり

テーマは「館」、ただひとつ。今をときめくミステリ作家たちが提示する「新本格の精神」がここにある。

収録作品：東川篤哉《ひがしがわとくや》『陽奇館（仮）の密室』
一《にのまえ》 肇《はじめ》『銀とクスノキ　～青髭《あおひげ》館殺人事件～』
古野《ふるの》まほろ『文化会館の殺人 ――Dのディスパリシオン』
青崎有吾《あおさきゆうご》『噤ヶ森《つぐみがもり》の硝子《ガラス》屋敷《やしき》』
周木《しゅうき》 律《りつ》『煙突館の実験的殺人』
澤村伊智《さわむらいち》『わたしのミステリーパレス』

講談社タイガ

はやみねかおる　恩田 陸　高田崇史
綾崎 隼　白井智之　井上真偽

# 謎の館へようこそ　黒
新本格30周年記念アンソロジー

イラスト
植田たてり

「館」の謎は終わらない――。館に魅せられた作家たちが書き下ろす、色とりどりのミステリの未来！

収録作品：はやみねかおる『思い出の館のショウシツ』
恩田《おんだ》 陸《りく》『麦の海に浮かぶ檻』
高田崇史《たかだたかふみ》『QED～ortus～ ――鬼神の社――』
綾崎《あやさき》 隼《しゅん》『時の館のエトワール』
白井智之《しらいともゆき》『首無館の殺人』
井上真偽《いのうえまぎ》『囚人館の惨劇』

講談社タイガ

# 《最新刊》

## ネメシスⅠ
今村昌弘

探偵事務所ネメシスのもとに、大富豪の邸宅に届いた脅迫状の調査依頼が舞い込む。連続ドラマ化で話題の大型本格ミステリシリーズ、開幕！

## ネメシスⅡ
藤石波矢

探偵事務所ネメシスを訪れた少女の依頼は、振り込め詐欺に手を染めた兄を探すこと。「道具屋・星憲章《ほしけんしょう》の予定外の一日」も収録した第２弾！

## 幻想列車
上野駅18番線

桜井美奈

上野駅の幻のホームに停まる、乗客の記憶を一つだけ消してくれる列車。忘れられるものなら忘れたい——でも、本当に？　感動の連作短編集。

## 非日常の謎
ミステリアンソロジー

芦沢 央　阿津川辰海　木元哉多
城平 京　辻堂ゆめ　凪良ゆう

日々の生活の狭間、刹那の非日常で生まれる謎をテーマにしたアンソロジー。物語が、この「非日常」を乗り越える力となることを信じて——。